南 英男

毒蜜 天敵
決定版

実業之日本社

実業之日本社文庫

目次

毒蜜　天敵

第一章　失業者の凶行

1

夜景が美しい。

どこか幻想的だ。闇《やみ》を彩《いろど》る灯火は妖《あや》しさを秘めていた。素晴らしい眺望だった。

多門剛《たもんごう》は、五杯目のオン・ザ・ロックスを空《あ》けた。赤坂《あかさか》にあるシティホテルのラウンジバーだ。九月上旬の夜である。残暑が厳しく、まだ秋の気配はあまり感じられない。

多門は窓際のテーブル席で、木沢朋美《きざわともみ》と向かい合っていた。

朋美は親密な女友達のひとりだ。二十六歳のインテリアデザイナーである。妖艶《ようえん》な美女で、肢体《したい》もセクシーだ。

「こうして久しぶりに朋美ちゃんと会えたんで、今夜は最高だよ。四週間ぶりだもんな」

「そうね。わたし、ずっと電話を待ってたのよ」

「いろいろ野暮用があって、連絡できなかったんだ」

「会いたくなって電話しちゃったんだけど、迷惑だったんじゃない？」

朋美が探《さぐ》るような眼差《まなざ》しを向けてきた。

「なに言ってるんだい。朋美ちゃんから電話があったとき、おれは嬉《うれ》しくて犬みたいに部屋の中をぐるぐる回っちまったよ」

「オーバーね。でも、よかった」

「もっと自信を持ってほしいな。いま本気で惚《ほ》れてる女は、朋美ちゃんだけなんだからさ」

「いろんな女性に同じことを言ってるんじゃない？」

「悲しいことを言わねえでくれよ。まだ愛し方が足りなかったみたいだな」

多門は拗《す》ねた口調で言い、ロングピースをくわえた。朋美がほほえんだ。男心をくすぐるような微笑だった。

三十七歳の多門は、擦《す》れ違った人々が振り返るような巨漢である。身長百九十八センチで、体重は九十一キロだ。筋肉質で逞《たくま》しい。ことに肩と胸が厚かった。アメリカンフットボールのプロテクター並だった。二の腕はハムの塊《かたまり》より数倍も太い。色が浅黒く、体毛も濃かった。

両手は野球のグローブ大だ。手指《しゅし》はバナナを連想させる。足のサイズは三十センチだった。いつも特別注文の靴を履《は》いている。そんな体型から、〝熊〟という綽名《あだな》がついていた。〝暴れ熊〟と呼ぶ者もいる。

レスラーもどきの体軀《たいく》は他人に威圧感を与えるが、顔そのものは決して厳《いか》つくない。やや面長《おもなが》な童顔である。やんちゃ坊主がそのまま大人になったような面相《めんそう》だった。笑うと、太くて黒々とした眉《まゆ》は極端に下がる。きっとした奥二重《ぶたえ》の両眼からも凄《すご》みが消え、愛嬌《あいきょう》のある表情になる。

その笑顔が母性本能を掻《か》き立てるのか、多門は女性たちに好かれる。彼自身も無類の女好きだった。ベッドを共にしてくれる女友達は常に十人以上いる。いずれも肉感的な美女ばかりだ。

多門は、単なる好色漢ではない。あらゆる女性を観音《かんのん》さまのように崇《あが》めていた。老《ろう》若《にゃく》や美醜《びしゅう》に関わりなく、等《ひと》しく慈《いつく》しんでいる。

惚《ほ》れた相手には、物心両面にわたって献身的に尽くす。それが多門の歓《よろこ》びであり、生き甲斐《がい》でもあった。

「まだ当分、不況がつづくのかしら？　そろそろ景気がよくなってほしいわ」

朋美が呟《つぶや》くように言って、カクテルを口に運んだ。ドライ・マティーニだった。

「運転資金、少し回してやろうか。仕事、大変なんだろう？」

「経営は楽じゃないわね。まだ若いからか、ビジネス相手がなんとなく不安になるみたいなのよ」

「どのくらいあれば……」

「いいの。クマさんの商売だって、大変なはずだもの。こういう時代だから、宝石の訪問販売だって楽じゃないんでしょ？」

「厳しいことは厳しいが、好きな女が困ってるんなら、なんとか力になりたいんだよ」

「優しいのね」

「普通だよ、おれは」

多門は照れながら、短くなった煙草《たばこ》の火を揉《も》み消した。女友達たちには宝石のセールスをしていると言ってあったが、それは事実ではなかった。

多門の素顔は裏社会専門の始末屋だ。

世の中には、表沙汰《ざた》にはできない悩みや揉め事が無数にある。多門は体を張って、さまざまなトラブルを処理していた。いわば、交渉人《ネゴシエーター》を兼ねた揉め事請負人《トラブルシューター》である。

裏稼業は危険が伴《ともな》う。殺されかけたことは数え切れない。だが、多門は一度も怯《ひる》んだことはなかった。それなりの腕力があり、度胸も据《す》わっていた。

多門は中堅私大を卒業した後《あと》、四年ほど陸上自衛隊第一空挺団に属していた。白兵戦《はくへいせん》の訓練をみっちり受け、射撃術も上級の腕前だった。

エリート自衛官の輝ける前途を自ら閉ざしてしまったのは、上官の妻との恋に溺《おぼ》れたせいである。多門は密会を重ねるごとに、上官夫人にのめり込んだ。オーバーに言えば、灼熱《しゃくねつ》の恋愛だった。やがて、不倫は上官に知られることになった。

多門は、けじめをつけようとした。上官夫人との結婚を望んでいた。多門は、そのことを上官に打ち明けた。しかし、上官は何も答えなかった。多門に棘々《とげとげ》しい目を向けたきりで、妻だけを詰《なじ》りつづけた。牝犬《めすいぬ》という侮辱《ぶじょく》的な言葉まで浴びせた。

多門は黙っていられなくなった。弾《はず》みで、上官を半殺しの目に遭《あ》わせてしまった。その暴力沙汰が失恋に繋《つな》がることになった。

多門は不倫相手に駆け落ちを持ちかけた。

しかし、上官夫人は血塗《まみ》れになった夫のそばから離れようとしなかった。それどころか、憎悪に燃える目を向けてきた。予想もしなかった敗北だ。未練はあったが、もはやどうすることもできない。

部隊に戻れなくなった多門は、なんとなく新宿に流れついた。泥酔した彼は、ささいなことで関東義誠《ぎせい》会田上《たがみ》組の組員たちと大立ち回りを演じた。それが縁で、皮肉なことに田上組の世話になることになったのだ。

多門は中・高校時代、かなりグレていた。やくざの世界に入ることには、それほど抵抗はなかった。

柔道三段の多門は武闘派やくざとして、めきめきと頭角を現わした。二年数カ月後には舎弟頭《しゃていがしら》になっていた。スピード出世である。

掟《おきて》の厳しさはあったが、渡世人稼業はそれなりに愉《たの》しかった。役得もあった。だが、組から与えられたデートガールたちの管理は苦痛だった。

デートガールたちはドライに割り切って、不特定多数の客たちと寝ていた。田上組に稼《かせ》ぎの上前をはねられることも当然と考え、不満を洩《も》らす者などいなかった。

しかし、多門は耐えられなくなった。女性たちを喰《く》いものにしているという罪の意識を拭《ぬぐ》い切れなかったからだ。

そんな経緯《いきさつ》があって、多門は田上組を脱《ぬ》けた。三十三歳のときだった。

足を洗うと、すぐに多門は始末屋になった。別に宣伝をしたわけではなかったが、仕事の依頼は次々に舞い込んできた。どの依頼も成功報酬は悪くない。一件で最低数百万円にはなる。毎年七、八千万円は稼いでいるが、収入の大半は酒と女で消えてしまう。

多門は浪費家だった。気に入ったクラブがあれば、ホステスごと店を一晩借り切ってしまう。その上、大酒飲みで大食漢でもあった。

身に着けるものも一級品を好む。しかも、服や靴はすべてオーダーメイドだった。

高収入を得ながらも、いまも多門は代官山《だいかんやま》の賃貸マンションで暮らしている。

間取りは1DKだ。終日、狭い部屋に籠《こも》っていると、息が詰まる。そんなこともあって、塒《ねぐら》にいる時間は少なかった。

「窓側の席はカップルばかりね」

朋美が小声で言い、反対側のカウンターに目をやった。止まり木には、男同士や女のグループ客が坐《すわ》っていた。

「カップルの半数以上は、このホテルに部屋を取ってるんじゃないかな」

「そうかもね。こんなにきれいな夜景を眺めてたら、ロマンチックな気分になるもの」

「実はおれ、部屋を押さえてあるんだ」

「あら、手回しがいいのね」

「朋美ちゃんと濃密な時間を過ごしたいんだよ」

多門は言いながら、腕時計に視線を落とした。まだ十時を回ったばかりだ。シングルモルトのスコッチを傾ける。

「もう一杯カクテルを飲みたいな」

「同じものにするかい？」

「ううん、トム・コリンズにするわ」

朋美が答えた。多門はうなずき、片手を高く掲《かか》げた。

すぐに若いウェイターが近づいてくる。多門はカクテルを追加注文した。ウェイターが遠ざかると、朋美が唐突に喋《しゃべ》りはじめた。

「自由に生きようと思ったら、女も経済力をつけないとね」

「そうだな。金銭面で男に頼ってちゃ、何かと不自由な思いをする。妙な遠慮が働いて、いやなものもいやだとは言えなくなってしまう。そういう生き方は辛《つれ》えよな」

「わたしも、そう思うわ」

「死んだおふくろは、生涯、看護師の仕事をつづけるとよく言ってた。もっともおふくろは未婚のままでおれを産《う》んだんで、働かざるを得なかったわけだけどさ」

「クマさんのお母さんって、立派だわ。とっても偉いと思う。相手の男性から経済的な援助を一切《いっさい》受けずに、女手ひとつでクマさんを育て上げたんでしょ？」

「ああ。おふくろは凛《りん》とした生き方をしてた。その点は尊敬できるな」

「いつかクマさんが生まれ育った岩手に行ってみたいな」

「いつでも連れてってやるよ。何もない田舎《いなか》だけど、それなりのよさもある。それより、朋美ちゃん、仕事で何か不愉快なことがあったんじゃないのか？」

「鋭いのね。わかっちゃう？」

「そりゃ、わかるさ。好きな女性のことは、よく観察してるからな。朋美ちゃん、話してみてくれないか」

多門は促《うなが》した。

「実はね、大きな仕事が貰《もら》えそうだったの。中堅のマンション業者からね。ただし、条件付きだったの」

「どんな条件を付けられたんだい？」

「その会社の社長がわたしのセンスを高く評価してくれたのはいいんだけど、個人的にも面倒を見たいと言いだしたのよ」

「つまり、愛人になれってことか」

「そこまでストレートな言い方はしなかったけど、要するにそういうことよね。わたし、なんだか哀《かな》しかったわ。デザインセンスが斬新《ざんしん》だと誉《ほ》めてくれたのは、下心があったからだったわけだから」

「懸命に自立しようとしてる女性を金や力でどうこうしようとする野郎は、おれ、赦《ゆる》せねえな。屑《くず》だよ、そんな男は」

「ええ、そうよね。だから、仕事の協力はできないときっぱり断ってやったの」

「いいな、朋美ちゃん。改めて惚れ直したよ」

「相手の社長はプライドを傷つけられたみたいで、わたしの仕事の邪魔をしてやるなんて口走ってたわ」

「最低だな」

「ちょっと陰険な性格だから、本当に仕事の妨害をするかもしれないな。そうなったら、わたしは廃業に追い込まれるでしょうね。フリーだから、立場は弱いもの」

「安心しなって。このおれが味方になってやる。スケベなおっさんの名前と会社名を教えてくれねえか。明日にでも、そいつを少し懲らしめてやるよ」

「もういいの。どこかにわたしのセンスを認めてくれる業者がいるだろうから、気を取り直して頑張ってみるわ」

朋美がバージニア・エス・ロゼ・メンソールに火を点けた。そのとき、トム・コリンズが運ばれてきた。ウェイターはじきに下がった。

「運転資金に二、三百万回してやろうか」

「ううん、大丈夫。まだ少し貯《たくわ》えがあるから、なんとかやっていけると思う。いよいよ苦しくなったら、青山《あおやま》のオフィスを畳んで駒沢《こまざわ》の自宅マンションを事務所にすればいいんだし」

「困ったことがあったら、いつでもおれに相談してくれ。できるだけのことはするよ」

「そう言ってもらえると、心強いわ」

「ちょっとトイレに……」

多門は朋美に断り、のっそりと巨体を椅子《いす》から浮かせた。

フロアの共同トイレはラウンジバーの斜め前にある。いったんバーを出て、共同トイレに入る。誰もいなかった。

多門は小便器に向かって放尿しはじめた。そのすぐ後《あと》、ラウンジバーのある方向から乾いた銃声が響いてきた。一発ではなく、三発だった。

組関係の人間がぶっ放したのだろう。

多門は、そう思った。朋美の安否が気がかりだったが、小便は止まってくれない。

放尿し終えると、多門は大急ぎでトイレを出た。手は洗わなかった。

ラウンジバーに走り入ろうとしたとき、奥から二十七、八歳の男が飛び出してきた。

サラリーマン風で、細身だった。

男は右手にリボルバーを提《さ》げている。ブラジル製のロッシーだった。

「そっちが三発ぶっ放したんだなっ。何があったか知らねえが、そいつをおれに渡せ！」

多門は右腕を差し出した。

男は返事の代わりに銃口を向けてきた。蒼《あお》ざめた顔は緊張で引き攣《つ》っている。

「おれを撃《ハジ》く気か？」

「どけよ、どいてくれ！　言う通りにしないと、あんたも撃つぞ」

「やれるものなら、やってみな」

「くそっ」

男は後ずさり、急に身を翻《ひるがえ》した。エレベーターホールとは逆方向に駆けていく。階段を使って逃げる気らしい。

多門は追わなかった。ラウンジバーに駆け戻る。

客や従業員たちが身を伏せ、恐怖に戦《おのの》いていた。硝煙が漂《ただよ》い、火薬の臭《にお》いもする。

多門は自分たちの席に急いだ。

朋美が通路にうずくまり、震えている。多門は朋美を抱き起こした。

「怪我《けが》は？」

「ううん、わたしは無傷よ。でも、あそこにいた男性が撃たれたの」

朋美が震え声で言って、少し離れたテーブル席を指さした。

テーブルの下に四十代半《なか》ばの背広を着た男が倒れている。仰向《あおむ》けだった。

顔面、胸部、太腿《ふともも》の三カ所が赤い。血糊《ちのり》だ。シートの背凭《もた》れには、血の塊《かたまり》や小さな肉片がこびりついている。男は微動だにしない。すでに息絶えたのだろう。

「二十七、八の真面目《まじめ》そうな男が何か罵《ののし》って、至近距離から発砲したの。たてつづけに三発ね。一瞬の出来事だったので、誰も制止できなかったのよ」

「おれは出入口の所で、犯人と思われる奴と鉢合わせしたんだ。拳銃を寄越《よこ》せと言ったんだが、逃げられちまった」

「そうだったの。怖くて生きた心地がしなかったわ。わたし、まだ体が震えてる」

「もう大丈夫だよ」

多門は朋美の細い肩を強く抱いた。

「みなさま、どうか落ち着いてください。一一〇番しましたので、間もなく警察の方が見えるでしょう」

店長と思われる中年男が大声で告げた。居合わせた男女の顔に、ようやく安堵《あんど》の色が差した。

多門は支払いを済ませ、朋美とラウンジバーを出た。エレベーターで十二階に下《くだ》り、ツインベッドの部屋に入る。朋美はソファに坐り込むと、全身を小刻《こきざ》みに震わせはじめた。

犯行時の情景が脳裏に蘇《よみがえ》ったにちがいない。怯《おび》えが消えなかったら、今夜は兄妹《きょうだい》のように寝《やす》むべきだろう。

多門はそう思いながら、両腕で朋美の肩を包み込んだ。

「もう何も怖がることないよ」

「あんなにおとなしそうな感じの犯人が、ああいう場所で凶行に及ぶなんて、なんだか信じられないわ」

「いまは閉塞《へいそく》的な社会だから、誰もがストレスを溜《た》め込んでる。ちょっとしたきっかけでキレちまう奴は、大勢いるんじゃないかな」

「ええ、そうなんでしょうね。銃器がだいぶ前から一般社会に流れ込んでるって話はテレビのドキュメンタリー番組を観《み》て知ってたけど、まさか身近な所で発砲事件が起こるとは思ってもみなかったわ」

「だろうな。せっかくのムードが壊れちまったが、犯人に文句を言うわけにもいかない。朋美ちゃん、今夜はおとなしく寝ようや」

「いやよ、そんなの」

「無理するなって」

「もう少ししたら、きっと落ち着くわ。クマさん、先にシャワーを使ってちょうだい。後から、わたしもバスルームに……」

朋美が振り向いて、甘やかな声で囁《ささや》いた。黒目がちの瞳には、紗《しゃ》のような膜《まく》がかかっている。恐怖はだいぶ薄れたのだろう。

「そういうことなら、そうするか」

多門は麻の白い上着と黒いスタンドカラーの半袖シャツを脱ぎ、空いているソファの背凭れに掛けた。スラックスと靴下を脱いで、トランクスだけで浴室に足を向ける。

多門はバスタブの中に立ち、頭からシャワーを浴びた。ボディーソープの泡を全身に塗りたくったとき、全裸の朋美がバスルームに入ってきた。

熟《う》れた裸身が眩《まばゆ》かった。

乳房はたわわに実り、ウエストのくびれが深い。腰の曲線はたおやかだった。ほぼ逆三角に繁った飾り毛は黒々としている。むっちりした白い腿は、なんとも悩ましかった。

「ボディー洗いをしてやろう」

多門は朋美を軽々と抱き上げ、バスタブの中に立たせた。

ぬめった体を密着させると、朋美はうっとりとした表情になった。多門はチークダンスのステップを刻みはじめた。すぐに朋美が瞼《まぶた》を閉じ、爪先《つまさき》立った。彼女は百六十センチ弱しかない。

多門は背を大きくこごめ、顔を傾けた。

二人はひとしきり唇をついばみ合ってから、舌を深く絡《から》めた。多門はディープキスを交《か》わしながら、両手を滑走させはじめた。

乳房やヒップをまさぐり、秘めやかな場所に指を這《は》わせる。早くも敏感な突起は痼《しこ》っていた。花弁も火照《ほて》り、ぼってりと膨《ふく》らんでいる。

多門は、下から合わせ目を捌《さば》いた。朋美が腰をひくつかせた。淫蕩《いんとう》な呻《うめ》き声も零《こぼ》した。

朋美はせっかちな手つきで、多門の性器を握った。

根元を断続的に握り込まれているうちに、多門は力を漲《みなぎ》らせた。ほどなくペニスはビールの小壜《こびん》ほどに猛《たけ》った。

多門は愛らしい花びらを擦《こす》り合わせ、木の芽を想《おも》わせる部分を集中的に刺激した。いくらも経《た》たないうちに、朋美は絶頂を極《きわ》めた。

なまめかしい唸《うな》り声を発し、裸身を硬直させた。腰の位置が下がり、内腿《うちもも》に漣《さざなみ》のような震えが走った。多門は欲情をそそられた。だが、奉仕が先だ。

多門は朋美をしっかと抱き支え、余韻《よいん》を味わい尽くさせた。それから彼は、二人の肌にまとわりついた白い泡を洗い落とした。

シャワーヘッドをフックに戻したとき、朋美が急にひざまずいた。次の瞬間、多門はくわえ込まれた。生温かい舌が心地よい。

朋美はキウイフルーツ状の部分を優しく揉みながら、情熱的に舌を閃《ひらめ》かせはじめた。

「早《はや》ぐベッドさ、行ぐべ。ずっとそげなことされたら、おれ、暴発さしてしまう」

多門は蕩《とろ》けそうな快感を覚え、思わず故郷の岩手弁を口走った。

興奮すると、きまって方言を洩らしてしまう。情事のときだけではなく、喧嘩《けんか》の場合も同じだった。

少し経《た》つと、朋美が多門の昂《たか》まりを解き放った。

二人はバスタブから出て、バスタオルで体をざっと拭《ふ》いた。多門は素っ裸の朋美を水平に捧《ささ》げ持ち、ベッドまで運んだ。

二人は胸を重ねると、互いの肌を貪《むさぼ》り合った。多門は朋美の足の指までしゃぶった。

やがて、二人はシックスナインに移った。獣《けもの》のように性器を舐め合った。朋美の体は潤《うる》み、絶え間なく蜜液をあふれさせている。

多門は愛液を啜《すす》り尽くしてから、正常位で体を繋いだ。

「ああ、いっぱいよ。隙間《すきま》がないわ」

朋美が喘《あえ》ぎ声で言った。

多門は両肘《りょうひじ》で巨体を支え、朋美の乳首に吸いついた。舌の先で淡紅色の蕾《つぼみ》を圧《お》し転がしながら、腰を躍《おど》らせはじめた。
六、七度浅く突き、そのあと一気に深く分け入る。奥に沈むたびに、朋美は猥《みだ》りがわしい声を発した。背も大きく反《そ》らせた。
多門は黙々と動いた。結合部の湿った音が煽情《せんじょう》的だ。

数分が流れたころ、不意に朋美が極《きわ》みに駆け昇った。悦《よろこ》びの声は長く尾を曳《ひ》いた。

多門は搾《しぼ》り込まれはじめた。襞《ひだ》の群れがまとわりついて離れない。

朋美の体の芯《しん》は、規則正しく脈打っている。快感のビートだ。

「クマさん、またよ。また、わたし……」

「そんだば、一緒にゴールさ、突っ込むべ」

多門は律動を速《はや》めた。

2

パトカーのサイレンが近づいてきた。

それも複数だった。多門はチェックアウトを済ませ、ホテルの一階にあるティールームで朋美とコーヒーを飲んでいた。

午前九時過ぎだった。前夜は二人とも、ほとんど眠っていない。朝まで三度も交わったせいだ。

「また、ホテル内で事件が起こったのかしら？」

朋美が不安そうに言った。寝不足だからか、いつもより目が腫《は》れぼったい。それでも充分に魅惑的だった。

「宿泊客のカップルが痴話喧嘩の末に、どっちかが連れを絞め殺したのかもな」

「そうなのかしら？」

「あるいは、指名手配中の凶悪犯が偽名で泊まってたのか」

多門は飲みかけのコーヒーを口に運んだ。カップを受け皿に戻したとき、パトカーのサイレンが次々に熄《や》んだ。パトカーはホテルの車寄せに停《と》まったようだった。

ティールームにいた客たちの幾人かが、相前後して腰を上げた。好奇心に駆られ、外の様子をうかがいに行く気になったのだろう。

「なんだか気になるわね。クマさん、ちょっと見てきてくれる？」

朋美が言った。多門は快諾《かいだく》し、すぐに立ち上がった。

ティールームは、フロントから少し奥まった場所にある。多門はフロントの脇を抜け、広いロビーを進んだ。ロビーの嵌《は》め殺しガラス窓には、ホテルの客たちがへばりついていた。人々の視線は庭園に注《そそ》がれている。

庭園内で何か起こったようだ。

多門は回転扉を押し、ホテルの表玄関に出た。あたりには野次馬《やじうま》が群れていた。制服警官が庭園の入口に立ち塞《ふさ》がっている。

腕章を巻いた刑事が十数人いた。彼らは忙《せわ》しく動き回り、情報を交換していた。

車寄せの端にはパトカー、覆面パトカー、灰色の鑑識車などが二十台近く見える。多門は近くにいる若いホテルマンに声をかけた。

「何があったんだい？」

「庭園で二十七、八歳の男が服毒自殺したんですよ。多分、青酸カリか何か呷《あお》ったんでしょう」

「泊まり客だったのかな？」

「いいえ、違います。死体のそばにブラジル製の拳銃が転がっていたという話でしたから、昨夜《ゆうべ》ラウンジバーで発砲した犯人だと思います。きのうの事件、ご存じですか？」

「ああ、知ってるよ。たまたま連れとラウンジバーにいたんだ。もっとも犯行時はトイレにいたんだがな。連れは怯えていた」

「それは、とんだ災難でしたね。ご迷惑をおかけして、申し訳ございませんでした」

ホテルマンが型通りに詫《わ》びた。

「運が悪かったと諦《あきら》めるよ。それはそうと、射殺された男は何者だったのかな？」

「日新《にっしん》自動車の技術開発部長だそうです。確かお名前は笠原《かさはら》さんだったと思います。笠原さんは部下の女性社員の方とご一緒に飲んでらっしゃるときに、いきなり犯人に撃たれたようです。女性社員の方の証言で、犯人は日新自動車の元社員だとわかったんだそうです」

「犯人の名前は？」

多門は問いかけた。

「そこまではわかりません。犯人は半年ぐらい前にリストラされたようですよ」

「日新自動車は以前、レバノン人社長が合理化経営をしたからな」

「そうですね。工場を幾つも閉鎖しました。人員の大幅削減で、ようやく黒字になったとか……」

「そうだったな。二十代の社員が肩叩《たた》きにあったってことは、よっぽど無能だったんじゃないのか」

「さあ、それはどうでしょうか。口外すべきことではないのですが、うちのホテルの場合は若い優秀なスタッフでも上司に気に入られなかったりすると、簡単にリストラ対象にされてしまうんです。理不尽な話ですよね」

「服毒自殺した犯人が無能な社員だったかどうかは、わからないってことだな」

「ええ、まあ。犯人は、射殺された笠原という上司に何らかの理由で嫌われてただけなのかもしれません。どんな企業もそうでしょうが、人事担当者は現場の管理職の話を鵜《う》呑《の》みにしがちですので」

「自殺した犯人は直属の上司によって、不当な評価をされたんで、リストラされたのかな」

「そういうことも考えられると思います。どちらにしても、犯人は生真面目で融通《ゆうずう》の利《き》かない人間だったのではないでしょうか」

「それは、その通りなんだろうな。大企業にいられなくなったからって、人生に絶望してしまうなんて弱すぎる。まだ若かったんだから、いくらでも再出発できたのに。惜しい上司と無理心中する形で死ぬなんて、もったいないよ」

「わたしを含めて若い世代は子供のころから自分が傷つくことをずっと避けてきましたので、ちょっとした挫折《ざせつ》にも耐えられなくなるんだと思います。犯人の気持ち、なんとなくわかりますね」

ホテルマンが言って、溜息《ためいき》をついた。

ちょうどそのとき、庭園からブルーシートにくるまれた犯人の遺体が運び出された。四人の捜査員が寝袋に似た収容袋を支え持っていた。

「ありがとう」

多門はホテルマンに礼を言って、大股でティールームに戻った。席に着き、見聞きしたことを朋美に伝える。

「犯人と上司との間には、他人には話せないような確執《かくしつ》があったんじゃないかしら？」

「そうなのかもしれないな」

「それにしても、哀しい事件ね。先行きの読めない時代だから、みんな、なんだか苛《いら》ついてる感じがするわ」

「そうだな。電車内での暴行事件も増えてるし、盛り場での喧嘩騒ぎもいっこうに減ってない」

「現代人は程度の差はあっても、誰もが心を病《や》んでるのかもしれないわね。生きることが辛いなんて、なんか遣《や》り切れないわ」

「おれは生きてることが楽しいよ。朋美ちゃんみたいないい女と明け方まで愛し合えるんだから」

「わたしもクマさんと出会えて、人生がすごく輝きはじめた感じよ」

「そんなこと言われたら、連泊したくなるな」

「わたしは、もう限界だわ。張り切りすぎたんで、体の節々《ふしぶし》が痛くって」

「それじゃ、駒沢の自宅マンションでゆっくりと寝《やす》んだほうがいいな」

「そうもいかないのよ。十時半にお客さんが青山のオフィスに来ることになってるの」

朋美が言った。

「マンションの室内装飾の仕事かい？」

「ううん、ブティックのディスプレイを頼まれたの。小さな仕事だけど、いまはどんな依頼もありがたいわ」

「地道に誠実な仕事をしてりゃ、どこかで誰かが必ず見てるよ。いろいろ厭《いや》なことがあるだろうが、お互いに頑張ろうや」

「ええ、そうね。クマさんと会ったら、なんだか元気が出てきたわ」

「そいつはよかった。事務所まで車で送ろう」

多門は先に立ち上がった。すぐに朋美も腰を浮かせた。

二人はティールームを出ると、地下駐車場に降りた。多門はボルボＸＣ40の助手席に朋美を坐らせてから、運転席に入った。車体の色はメタリックブラウンだ。エンジンの調子は悪くない。

多門は車を発進させた。

ホテルの地下駐車場を出ると、青山通りに入った。朋美のオフィスは南青山一丁目にある。雑居ビルの三階の一室を借りていた。

十分そこそこで、目的地に着いた。

「クマさんこそ、だいぶお疲れみたいよ。少し寝たほうがいいんじゃない？」

「そうだな」

「時間の都合がついたら、電話してくれる？」

「ああ、必ず連絡するよ」

「いろいろありがとう」

朋美が多門の頰に軽くキスしてから、ボルボを降りた。

多門は朋美が雑居ビルの中に消えてから、ふたたび車を走らせはじめた。代官山まで、ほんのひとっ走りだった。

多門は自分の部屋に入ると、麻の上着を脱ぎ捨てた。そのままキングサイズのベッドに横たわる。

一分も経《た》たないうちに、眠りに落ちた。スマートフォンの着信音で叩き起こされたのは午後四時過ぎだった。多門はベッドから降り、上着の内ポケットからスマートフォンを摑《つか》み出した。スピーカーフォンにする。

「ダーリン、あたしよ」

チコの声だった。

多門は軽く舌打ちした。チコは元暴走族のニューハーフである。新宿区役所の裏手にあるニューハーフクラブ『孔雀《くじゃく》』のナンバーワンだ。まだ二十代の半ばだった。二十六歳だったか。あるいは、もう二十七歳になったのかもしれない。外見は、女そのものだ。性転換をしたが、まだ戸籍は男だ。

「クマさん、何してたの？」

「寝てたんだよ。おれが気持ちよく眠ってるときに起こすな」

「無理言わないで。あたしに透視能力があるわけじゃないんだから、クマさんが何してるかわかるはずないじゃないの。ふつうは、たいていの人が起きてる時刻だから、電話しちゃったのよ」

「昨夜《ゆうべ》、一時間ぐらいしか寝てねえんだ」

「また、どこかで浮気してたのね。あたしという彼女がいるっていうのに、ほんとに浮気者なんだから。おいたばかりしてると、スパンキングしちゃうわよ」

「気持ち悪いこと言うんじゃねえよ。何が悲しくて、おれが元男《もとおとこ》の彼氏にならなきゃならねえんだ」

「かわいい！　クマさん、照れてるのね。クマさんはあたしに冷たくするけど、きっと愛してくれてるのよ」

「愛してるだと⁉」

多門は語気を荒《あら》らげた。

「ええ、そうよ。クマさん、あたしの人工ヴァギナの中にたっぷり注《そそ》ぎ込んだことを忘れてないわよね」

「てめえ、また、その話を持ち出しやがるのか。チコ、殺すぞ。漏《も》らしたのは小便だって、何十回も言っただろうが！」

「もっと素直になりなさいよ」

チコが勝ち誇ったように笑った。

多門は怒鳴《どな》りかけたが、言葉を呑《の》んだ。いつだったか、チコに跨《また》がられたことがあった。そのとき、不覚にも多門は射精してしまったのである。

それほどチコの人工女性器は精巧にできていた。陰核《クリトリス》の形状こそ少し不自然だったが、小陰唇は本物と寸分も違《たが》わなかった。内部の構造も女性に近かった。

闇の性転換手術だったらしいが、執刀した某大学病院の外科部長はなかなかの腕だ。名人芸と呼んでも差し支《つか》えないだろう。

「チコ、おめえは恩知らずだな。昔のことを忘れちまったのかっ」

「ううん、ちゃんと憶《おぼ》えてるわよ。まだクマさんが田上組にいたとき、あたし、体育会系の大学生たちにオカマってからかわれて、ひどいことされたのよね」

「そうだったな。チコはそいつらにぶっ飛ばされて、ドレスをびりびりに引き裂《さ》かれた。それだけじゃねえ。確か被《かぶ》ってたウィッグもライターの炎で焼かれたよな」

「うん、そう。あたし、すごく腹が立ったけど、手も足も出せなかった。そんなとき、たまたま通りかかったクマさんが連中をぶっ飛ばしてくれたのよね。それから、ドレス代とウィッグ代も弁償させてくれたんだっけね」

「そうだったかな」

「あたし、あのときからクマさんに惚れてしまったの。それから、ずっとクマさん一筋よ」

「話をすり替えるな。おれに恩義があると感じてるんだったら、例のことは二度と口にするんじゃねえぞ」

「こんなにもクマさんを愛してるのに、まだ、あたしの気持ちが伝わってないのね。あたしって、なんて不幸な女なんだろう」

チコが嘆《なげ》いた。

「おめえと漫才やってる暇《ひま》はねえ。早く用件を言いな」

「クマさん、焼肉奢《おご》ってあげる。うーんとスタミナつけたら、一緒にホテルに行こう？」

「ふざけんなっ」

多門は通話を一方的に打ち切って、すぐベッドに戻った。

しかし、眠気はすっかり殺《そ》がれていた。忌々《いまいま》しい気持ちで起き上がり、多門はカツ丼と天丼の出前を頼んだ。それからテレビの電源スイッチを入れ、紫煙をくゆらせはじめる。

チャンネルを幾度か替えると、ニュースを流している民放局があった。画面には大物政治家の暗殺現場が映し出されていた。半年ほど前から大物政治家、財界人、エリート官僚たちが謎の暗殺集団に相次いで殺害されている。どの事件もまだ解決していない。

暗殺関係のニュースが終わると、画面に赤坂西急《せいきゅう》ホテルの全景が映った。前夜、朋美と泊まったホテルだ。

「昨夜十時二十分ごろ、赤坂西急ホテルのラウンジバー内で日新自動車技術開発部長の笠原敬臣《たかおみ》さん、四十六歳が射殺された事件は繰《く》り返しお伝えしてきましたが、犯人がわかりました」

中年の男性アナウンサーの顔が映し出された。

「笠原さんをブラジル製の拳銃で射殺したのは、元部下の目黒《めぐろ》区碑文谷《ひもんや》五丁目の無職、江波戸《えばと》毅《たけし》、二十八歳です。江波戸は笠原さんを殺害した後、西急ホテルの庭園内で青酸化合物を服《の》んで自殺しました。今朝《けさ》九時過ぎにホテルの従業員が死んでいる江波戸を見つけ、一一〇番通報しました」

映像が変わった。西急ホテルの庭園と江波戸の顔写真が映し出された。

「江波戸は半年あまり前に日新自動車を退職し、再就職先を探していました。上司の笠原さんと技術開発を巡《めぐ》って意見の対立があったようです。そのことから、江波戸が笠原さんを逆恨《さかうら》みしたという見方が強まっています。凶器のブラジル製拳銃や自殺に用《もち》いた毒物の入手先などは、まだわかっていません。次は交通事故のニュースです」

アナウンサーが間《ま》を取った。画面に東名高速道路の事故現場が映し出された。

多門はテレビの電源を切り、ロングピースに火を点《つ》けた。

江波戸は、いったいどこでロッシーを手に入れたのか。十数年前から中国でパテント生産されたトカレフはノーリンコ54という名で大量に日本に流れ込んでいる。その数は八万挺《ちょう》とも十万挺とも言われている。

年間に押収される中国製トカレフのノーリンコ54は数千挺だが、実際には数十倍の拳銃が国内に持ち込まれたはずだ。ノーリンコ54の値崩《ねくず》れが激しく、いまや本体だけなら、一挺十万円前後で裏社会で取引されている。七・六二ミリ弾を五十発買っても、併《あわ》せて十五、六万円で入手できる。

江波戸が使ったロッシーは安物のリボルバーだ。南アフリカの銃砲店では、日本円で一万数千円で売られている。だいぶ昔、日本の鮪《まぐろ》漁船の乗組員がケープタウンで百挺を超えるロッシーを買い集めて、日本に持ち帰ろうとした事件があった。

日本の暴力団は、たいてい中国、台湾、韓国、タイなどから拳銃を密輸入している。中国製トカレフが圧倒的に多く、ドイツ、ベルギー、オーストリア、スイス、アメリカなどで製造された銃器は少ない。ブラジル製のロッシーが国内に入ってきたのは、その後だ。

おそらく日本に不法滞在しているコロンビア人か、日系ブラジル人が密《ひそ》かに持ち込んだのだろう。江波戸は新宿の歌舞伎町《かぶき》で南米系の拳銃密売人からロッシーを手に入れたのか。あるいは、コロンビア人マフィアと接触のあるチャイニーズ・マフィアから買ったのかもしれない。

どちらにしても、堅気《かたぎ》がたやすく拳銃を手に入れられる時代になった。考えてみれば、ずいぶん物騒《ぶっそう》な世の中になったものだ。

多門は洗面所に足を向けた。

顔を洗うと、気分がさっぱりとした。煙草に火を点けたとき、出前持ちがやってきた。多門はロングピースの火を揉み消し、カツ丼と天丼を受け取った。

緑茶を淹《い》れ、ダイニングテーブルに向かう。多門は茶をひと口啜《すす》り、カツ丼から食べはじめた。わずか二分ほどで平らげた。

天丼をあらかた掻《か》き込んだとき、部屋のインターフォンが鳴った。

チコが押しかけてきたのか。多門は毛むくじゃらの手の甲で口許《くちもと》を拭《ぬぐ》って、椅子から立ち上がった。インターフォンの受話器は取らなかった。玄関ホールに急ぎ、ドアスコープを覗《のぞ》く。

来訪者は、仁友《じんゆう》連合有吉《ありよし》会芝山《しばやま》組の芝山知明《ともあき》組長だった。四十代半ばで、ずんぐりとした体型だ。

多門はやくざ時代に傷害事件を起こし、一年数カ月、府中《ふちゅう》刑務所で服役したことがある。そのとき、何かと芝山に世話になっていた。

多門は素早くドアを開け、芝山に笑顔を向けた。

「お久しぶりです」

「元気そうじゃねえか。そっちと会うのは一年ぶりぐれえかな」

「ええ、そのぐらいになりますね。芝山さんが訪ねてくるとは珍しいな」

「多門、まだ始末屋稼業をやってんだろ?」

「ええ、まあ」

「ちょっと相談に乗ってもらいてえことがあるんだ。入らせてもらうぜ」

芝山がドアを大きく開いた。多門は芝山をダイニングテーブルに着かせ、日本茶を淹れた。

「おれに気を遣《つか》うことはねえよ。多門も坐ってくれ」

「ええ」

多門は汚れた丼《どんぶり》を手早く片づけ、芝山と向かい合う位置に腰かけた。

「早速だが、最近、誰かがネットオークションを使って、大量に拳銃《ドウグ》を一般社会に流してるみてえなんだ」

「ネットオークションですか。そういう方面には、あまり強くないな」

「おれも疎《うと》いんだが、正体不明の拳銃密売屋はレアもののモデルガンを譲るとか言って、多くのサイトでオークション参加を呼びかけてるらしいんだ」

「芝山さん、いつからパソコンをやるようになったんです?」

「おれはパソコンなんかにゃ興味ねえよ。組の若い者《もん》がネットオークションの基礎知識を教えてくれたんだ。ヤフオク!とかラクマだけじゃなく、実に多くのサイトがオークションをやってるらしいじゃねえか」

「そうなんですか。おれは、そっち方面にとんと不案内なんですよ」

「けど、周《まわ》りにパソコンをいじってる奴はいるよな?」

芝山が問いかけてきた。多門はチコがパソコンに精しいことを思い出し、大きくうなずいた。

「だったら、おれたちの商売仇《がたき》を突きとめてくれねえか。だぶついてるノーリンコ54の買い手がつかなくなって、遣り繰り《シノギ》がきつくなってきた。覚醒剤《シャブ》は御法度《ごはっと》だし、管理売春《マメノシル》の収益《アガリ》は頭打ちなんだ。企業舎弟《フロント》の金融、重機リース、カラオケ店もそれほど儲《もう》かってねえんだよ。拳銃《ドウグ》の商売《バイ》もライバルの出現で、すっかり旨味《うまみ》がなくなっちまった。こんな状態が長くつづいたら、八十数人の組員を抱《かか》え切れなくなるだろう」

「それは、まずいですね」

「多門、ひとつ力になってくれ。謎の商売仇は落札者とラインか何かでの遣《や》り取りをした後、本物《モノホン》の拳銃を売ってるようなんだ」

「関西あたりの組織が時代を先取りした非合法ビジネスをやりはじめたんですかね。それとも、日本に進出してきた外国人マフィアどもが……」

「若い衆に探《さぐ》らせてみたんだが、ライバルの顔が透《す》けてこねえんだ。で、多門に泣きつく気になったわけよ」

「芝山さんには府中刑務所で目をかけてもらったから、断るわけにはいかないな。不得手な分野だけど、やらせてもらいます」

「そうかい。ありがてえ。こいつは着手金だ」

芝山が上着の内ポケットから帯封の掛かった札束を無造作に抓《つま》み出した。厚みから察して、百万円だろう。

「ちょうど百万ある。ライバルを突きとめてくれたら、成功報酬は四百万出そう。少ないかい？」

「いや、充分です」

「それじゃ、頼んだぜ」

「少し時間をください。なにしろ、ネットオークションのネの字も知らないんで、とりあえず少し勉強しませんとね」

多門は言って、着手金を受け取った。

芝山が緑茶で喉《のど》を湿らせ、昔話をしはじめた。多門はにこやかに相槌《あいづち》を打ち、煙草とライターを引き寄せた。

3

冷酒を傾ける。

喉ごしがよかった。生き返ったような心地だった。

思わず多門は唸《うな》った。渋谷《しぶや》の道玄坂《どうげんざか》に面した活魚料理の店である。多門は奥のテーブル席にいた。卓上には、鯒《こち》の刺身と螣《おこぜ》の唐揚《からあ》げが並んでいる。

午後八時過ぎだった。

多門は相棒の杉浦将太《すぎうらしょうた》を待っていた。芝山が辞去した後、杉浦に電話をかけて赤坂署から前夜の射殺事件に関する情報を引き出してほしいと頼んであったのである。

四十五歳の杉浦はプロの調査員だ。新橋《しんばし》にある法律事務所の嘱託《しょくたく》をしている。報酬は出来高払いだった。当然ながら、月によって収入が違う。そんなことで、多門はしばしば杉浦に調査の仕事を回していた。

杉浦は、かつて新宿署生活安全課の刑事だった。暴力団との癒着《ゆちゃく》が署内で問題にされ、職を失ったのだ。事実、杉浦は暴力団関係者や性風俗店のオーナーに家宅捜索の情報を流し、その見返りとして金品を受け取っていた。女の世話もさせていたらしい。

やくざ時代の多門は、悪徳刑事の杉浦を軽蔑《けいべつ》していた。チャンスがあったら、闇討《う》ちをかけてやりたいとさえ考えていた。

しかし、杉浦の隠された一面を知ってからは見方が一変した。杉浦は、唾棄《だき》すべき屑《くず》ではなかった。彼は交通事故で昏睡《こんすい》状態（遷延性《せんえんせい》意識障害）になってしまった妻の意識を蘇らせたい一心で、敢《あ》えて下衆《げす》な刑事に成り下がったのである。轢き逃げ犯は、いまも逃亡中だ。

俸給だけでは、とても高額な入院加療費は払えない。そんな事情から、杉浦はやむなく汚れた金を集めるようになったわけだ。

多門は、杉浦の潔《いさぎよ》い生き方に感動すら覚えた。愛妻のために迷うことなく自分を捨てられる男は、どこか清々《すがすが》しい。その俠気《おとこぎ》は尊敬に価《あたい》するのではないだろうか。

多門は積極的に杉浦に近づき、酒を酌《く》み交わすようになった。杉浦は口こそ悪いが、他人の悲しみや憂《うれ》いにはきわめて敏感だった。それでいて、これ見よがしの優しさは決して示さない。いつも屈折《くっせつ》した思い遣《や》りを見せるだけだ。照れの裏返しなのだろう。

多門はテーブルの下で、買ったばかりのインターネットオークション入門書の頁《ページ》を繰《く》りはじめた。

入門書には、専門用語の解説が載《の》っていた。しかし、自分は典型的なアナログ人間と思い込んでいるせいか、用語の意味がすんなりと頭に入ってこない。それでも、オークションの出品から落札までの仕組みは理解することができた。

この類《たぐい》の本は何冊も読めない。

多門は入門書をかたわらの椅子の上に投げ出し、鮪の刺身を口の中に入れた。新鮮な刺身を奥歯で嚙《か》みしだいていると、杉浦が飄然《ひょうぜん》と近づいてきた。

小柄だ。背丈は百六十センチそこそこしかない。

頰が深く削《そ》げているからか、顔は逆三角形に近かった。ナイフのように鋭い目は、いつも赤い。慢性的な寝不足だからだろう。

杉浦は、東京郊外の病院にいる妻をほぼ毎日、見舞っている。いつだったか、多門は杉浦の献身ぶりを病室の窓越しに垣間見《かいま》たことがあった。

杉浦はまったく意識のない妻の手をいとおしげに撫《な》でながら、優しく語りつづけていた。それから彼は、濡《ぬ》れタオルで妻の柔肌を入念に拭《ぬぐ》いはじめた。その表情は穏《おだ》やかだった。

清拭《せいしき》を済ませると、杉浦は急に妻の胸の谷間に顔を埋めて静かに泣きはじめた。

多門は柄《がら》にもなく、どぎまぎしてしまった。見てはならないものを目にしたせいだろう。杉浦のやるせなさがひしひしと伝わってきた。

多門は不覚にも貰い泣きをしてしまった。病室に入ることは、なんとなく憚《はばか》られた。

多門は花束と果物を看護師詰所に預け、そのまま病院を後《あと》にした。

「クマ、待たせて悪かったな。本業の調査にちょっと手間取っちまったんだ」

杉浦が向かい合う位置に移り、グレイの上着を脱いだ。

「その後、奥さんの具合はどう？」

「相変わらず、眠り姫だよ。十七年も連れ添った亭主がせっせと病室に通ってんだから、たまにゃウインクぐらいしても罰《ばち》は当たらねえと思うんだがな」

「そういう屈折した言い方してるけど、杉さんがどんなに奥さんを大事にしてるかってことがおれにはわかるよ」

「クマ、いつから心理学者になったんだ？」

「照れることはないと思うがな。最初はビールにする？」

「そうだな」

「好きなもんを喰《く》ってくれないか」

多門は杉浦に品書きを渡し、大声で店の者に生ビールを注文した。

杉浦は間八《かんぱち》の刺身、浅蜊《あさり》の香草焼《こうそうやき》、眼張《めばる》の煮付けを選んだ。待つほどもなく生ビールと突き出しの小鉢が杉浦の前に置かれた。

多門たち二人は、軽くグラスを触《ふ》れ合わせた。

「赤坂署で知り合いの刑事から面白い話を仕入れてきたぜ」

杉浦が生ビールをひと口飲んでから、声をひそめた。

「そいつはありがたいな」

「ラウンジバーで殺された笠原敬臣の連れの女性社員は、犯人の江波戸毅と一年ほど前までつき合ってたんだとよ」

「江波戸は、上司の笠原に彼女を寝盗《ねと》られたのか」

「女のほうが笠原にモーションをかけたようだが、結果的にはそういうことになるだろうな」

「笠原は当然、妻帯者だったんだよね？」

「ああ、娘が二人いる。高校生と中学生だったかな」

「テレビのニュースで、笠原と江波戸は仕事上でぶつかってたと言ってたが、そのあたりのことはどうなの？」

「江波戸はストレートに物を言うタイプだったみてえだな。よく会議の席で、笠原に異論を唱《とな》えてたらしいよ」

「それは、恋人を上司に奪われたからなんだろうか？」

「いや、その以前から笠原には反発してたようだ」

「そう」

多門は会話を中断させた。杉浦の注文した肴《さかな》が運ばれてきたからだ。鯱《おこぜ》の唐揚げをつつき、店の者が遠ざかるのを待つ。

ほどなく従業員が下がった。

「笠原と一緒にいた女は陶山麻耶《すやままや》という名で、二十五歳だよ。麻耶は笠原が撃たれたとき、化粧室にいたらしいんだ。そのあと笠原が射殺されたことを知って、気が動転しちまったんだろう。麻耶はいったん西急ホテルから離れたらしいんだが、思い直して事件現場に引き返したって話だったよ」

杉浦がそう言い、間八の刺身を箸《はし》で抓《つま》み上げた。

「麻耶は、江波戸がロッシーを隠し持ってたことを知ってたんだろうか」

「そのことには、まるで気づかなかったと言ってたそうだ」

「それなら、麻耶って娘《こ》が拳銃の入手先を知るわけないな」

「それでも何か手がかりを得られるかもしれねえから、一応、麻耶に会ってみろや。これが彼女のアドレスだ」

「助かるよ」

多門は、差し出されたメモを受け取った。麻耶の自宅は目黒区大岡山《おおおかやま》にある。アパート住まいらしい。コーポ名と部屋番号が記《しる》してあった。

「江波戸が服《の》んだ青酸化合物の入手先もまだわかってねえそうだ。おそらくインターネットを使って、毒物を手に入れたんだろうよ。碑文谷五丁目にある江波戸の自宅マンションには、パソコンが二台あったというからな」

「そう。江波戸の実家はどこにあるの？」

「日野《ひの》市だ。こいつが実家の住所だよ」

杉浦がワイシャツの胸ポケットから二つに折り畳んだ紙切れを取り出した。多門は紙切れを受け取り、すぐに問いかけた。

「いま、江波戸の亡骸《なきがら》は？」

「夕方、日野の実家に搬送《はんそう》されたそうだ。今夜は仮通夜らしいが、弔問客《ちょうもんきゃく》は少ねえかもしれないな。江波戸は元上司を殺《や》っちまって、世間を騒がせたわけだからさ。おそらく親類と昔からの友人がこっそりと弔《とむら》いに……」

「そうかもしれないね。でも、一応、行ってみるよ」

「そうしな」

「杉さんは、どう思う？　おれは外国人マフィアがネットオークションを利用して、大量に拳銃を売り捌《さば》いてるんじゃないかと睨《にら》んでるんだが……」

「判断材料が少なすぎるから、なんとも答えようがねえな。ただ、ネットを使ってるとしたら、拳銃の密売グループは若い世代の集団なんじゃねえのか。なんとなくそんな気がするんだ」

「半グレどもが、新手の裏ビジネスをやりはじめてるかもしれないってことかい？」

「いや、とは限らねえな。最近は堅気がとんでもない犯罪に手を染めてる」

「待ってよ、杉さん！　若い堅気《ネス》がどうやって拳銃を買い付けるんだい？　素人には、そんなことは無理だよ」

「クマ、これだけネットが普及してるんだ。コンピューターに精通した素人《トウシロ》が外国の武器商人とコンタクトを取ることは可能だろう。武器商人にしたって、取引相手が堅気なら代金を踏み倒される心配は少ない」

「けど、取引相手が素人集団だったら、逮捕《パク》られたとき、あっさり口を割る恐れがあるぜ。武器商人が素人を相手に闇取引をするとは考えにくいんじゃない？」

「そうかな。おれは、そうは思わねえな。なにせ兵器や銃器が余りすぎて、ロシアン・マフィアなんか蟹《かに》の密漁や中古車販売に力を入れはじめてるって情報もあるからな。パキスタンの武器商人どもだって、買い手探しにゃ苦労してるようじゃねえのか」

「そう言われると、そんなふうにも思えてくるな」

「クマ、少し自分の足で情報を集めてみろや。そうすりゃ、何かが見えてくるかもしれねえぞ」

杉浦が生ビールを空け、焼酎《しょうちゅう》のお湯割りを頼んだ。

「まだ暑いのに、お湯割り？　杉さん、冷酒にしなよ」

「夏場にあんまり腹を冷やすと、秋に内臓がダウンしそうだからな」

「子供のころ、おふくろさんにそう言われてたんだね」

「おふくろじゃなく、うちの眠り姫に毎夏のように言われてたんだ。おれがダウンしちまったら、女房の世話ができなくなる。子供のいない夫婦は支え合わなきゃ、生きていけない。だから、ちょいと体を労《いたわ》ってんだよ」

「いい話だな。泣けてくるね」

「大男が涙ぐんだりしたって、ちっともかわいくないぞ」

「言ってくれるな。それはそうと、杉さんに謝礼を渡しておこう」

多門は懐《ふところ》から札入れを摑《つか》み出し、一万円札を十枚抜き出した。

「クマ、五万だけ貰っとくよ」

「いいから、十万受け取ってくれないか。杉さんは何かと物要《い》りなんだからさ」

「おい、おれを憐《あわ》れんでやがるのか？」

「また、僻《ひが》む。調査に見合った謝礼だと思って、十万出したんだよ」

「そういうことなら、ありがたく貰っとくか」

杉浦は札束を押しいただき、自分の財布にしまった。札入れには、万札は一枚も入っていなかった。少しは生活費の足しになるだろう。多門は胸底《きょうてい》で呟《つぶや》き、ロングピースをくわえた。

「クマ、そろそろ身を固めろや。大勢いる女たちの中には、結婚してもいいと思う相手がひとりぐらいいるだろうが？」

「おれにとって、つき合ってる女はすべて観音さまなんだ。誰かひとりを選ぶことなんてできない。それにさ、こんな稼業だから、誰とも結婚する気はないんだ。いつ殺《や》られるかわからない男が、相手の人生を丸ごと引き受けたりするのは無責任じゃないか」

「クマは、どこまでも女どもに甘《あめ》えんだな。そんなふうじゃ、女たちにいいように利用されるだけだぜ」

「杉さん、そういう言い方はよくないな。この世に悪女なんて、ひとりもいないんだ。そんなふうに映る娘《こ》がいたら、つき合ってる野郎が悪いんだよ」

「クマ、女たちはリアリストばかりだぞ。純情そうに見えても、案外、あざとい面を持ってる。少なくとも、男たちよりもずっと勁《つよ》い。だから、クマがすべての女たちのことを心配する必要なんてねえんだ。どの女もクマなんかいなくたって、ちゃんと逞《たくま》しく生きていける。だから、クマは一番好きな女のことだけ気にかけてりゃいいんだよ」

「どの女も、おれには大切なんだよ」

「気の多い野郎だ」

杉浦が肩を竦《すく》めて、煮魚に箸を伸ばした。

二人は四十分ほど過ごしてから、活魚料理店を出た。多門は道玄坂下の『109』の前で杉浦と別れ、宇田川《うだがわ》町の有料駐車場に向かった。ボルボに乗り込み、大岡山に急ぐ。

陶山麻耶の自宅は、東京工大のキャンパスの裏手にあった。軽量鉄骨造りの二階建てアパートだった。二〇五号室は暗かった。どうやら麻耶は留守のようだ。江波戸の実家に行ってみることにした。

多門は車を日野市に走らせた。

目的の家屋《かおく》を探し当てたのは午後十一時近い時刻だった。江波戸の実家は新興住宅街の一角にあった。敷地は七十坪ぐらいだろうか。洒落《しゃれ》た二階家は庭木に取り囲まれていた。

多門はボルボを路上に駐《と》め、江波戸邸まで歩いた。

家の前には、人の姿はない。玄関のドアも閉ざされていた。かすかに泣き声が洩れてくる。線香の匂いもした。そのうち弔《とむら》い客が家から出てくるだろう。

多門は暗がりにたたずみ、煙草に火を点けた。

十分ほど経過したころ、江波戸の家から三人の若い男が現われた。いずれも二十八、九歳に見えた。

「警察の者ですが、ちょっとよろしいでしょうか」

多門は刑事を装《よそお》い、三人に話しかけた。男たちは故人の中学時代の友人だった。

三人とも、ここ数年は江波戸とまったく会っていなかったらしい。それでも故人が高校生のころ、モデルガン集めに凝《こ》っていたという話を探り出すことができた。

さらに江波戸が激しやすい性格だったという証言も得られた。だが、三人とも故人が真正銃《しんせいじゅう》を隠し持っていた事実は知らなかった。

「ご協力に感謝します」

多門は男たちに謝意を表した。

三人が歩み去って間もなく、今度は江波戸家の玄関から黒のフォーマルスーツを着た若い女性が出てきた。二十五、六歳だろうか。女は白いハンカチを目頭《めがしら》に当てていた。陶山麻耶かもしれない。

多門はさきほどと同じように刑事になりすまし、女性に喋りかけた。

「警視庁の者ですが、陶山麻耶さんではありませんか？」

「はい、陶山です」

「少し話をうかがわせてください。あなたは、人を殺して自殺した江波戸と以前つき合ってましたでしょ？」

「え、ええ。でも、わたし、別の男性を好きになってしまったんです」

「それは、江波戸に射殺された笠原敬臣氏のことですね？」

「はい。わたしが悪いんです。わたしが江波戸さんと笠原さんの二人を死なせてしまったようなものです」

「ご自分をあまり責めないほうがいいな」

「でも、わたしの裏切りが江波戸さんのプライドを傷つけてしまったので……」

麻耶の語尾が涙でくぐもった。

「というと、江波戸の犯行動機はいわゆる恋愛の縺《もつ》れと考えてもいいのかな」

「引き金になったのは、そういうことだったんだと思います。江波戸さんは、とても自尊心が強い男性でしたから。わたしは、彼のそういうプライドに拘《こだわ》るところが好きになれなくて、次第に包容力のある笠原部長に惹《ひ》かれてしまったんです」

「そう。笠原氏と江波戸は仕事面でも意見が対立することが多かったようですね？」

「江波戸さんは仕事熱心でしたし、自己主張もするほうでしたので、上司には思っていることをストレートに言ってしまうんです」

「そういうことがリストラされる原因になったんだろうか」

「そのあたりのことは、よくわかりません。おそらく江波戸さんは上司の笠原部長が一種の厭《いや》がらせで、このわたしを誘惑したと曲解してしまったんでしょうね。それで彼は、笠原部長を赦《ゆる》せない気持ちになったんだと思います」

「正直に答えてほしいんだが、あなた、江波戸がブラジル製のリボルバーを隠し持っていたことに気づかなかったのかな？」

「ええ、まったく気づきませんでした。彼が高校生のころにモデルガン集めをしてたという話は聞いたことはありますけどね。それから、グアムの射撃場で実射したことがあるという話も聞いた記憶があります」

「そうですか。どうもありがとう」

多門は頭を下げた。

麻耶がまたハンカチを目頭に当て、ゆっくりと遠ざかっていった。後ろ姿が痛々しかった。早く元気になってほしいものだ。

多門はボルボに向かって歩きだした。

4

スマートフォンに着信があった。

多門はボルボを運転中だった。目黒通りである。

江波戸の仮通夜があった翌日だ。午後二時過ぎだった。

多門は運転しながら、ハンズフリーで応じた。

「はい」

「田上組で舎弟頭をやってたクマさんよね？」

　女が確かめた。

「そうだが、誰かな？」

「亜矢《あや》です」

「おっ、デートガールをやってた亜矢ちゃんかい？」

「ええ、そうです」

「懐かしいなあ。風の便りで、おれが足を洗った直後に水道工事の会社を経営してるバツイチの男と結婚したって話を聞いたが……」

「そうなの。ひと回りも年上なんだけど、わたしを大事にしてくれるので、いまはとても幸せよ」

「子供は？」

「ううん、まだなの。遊び盛りのころに三度も中絶しちゃったから、不妊症になったのかもしれないわね」

「さあ、どうなのかな」

「つまらない話をしちゃったわね。クマさん、トラブルシューターみたいなことをやってるんだって？」

「うん、まあ」

多門は曖昧《あいまい》に答えた。

「だったら、わたしを救《たす》けて！」

「亜矢ちゃん、何があったんだ？」

「わたし、脅迫されてるの。三日前に正体不明の男から突然電話がかかってきて、結婚前にデートガールをやってたことを夫に知られたくなかったら、今週中に三百万円用意しろって脅《おど》されたのよ」

「声に聴《き》き覚えは？」

「ボイス・チェンジャーか何か使ってたようで、くぐもり声だったの。だから、よくわからなかったのよ」

「思い当たる奴は？」

「昔の馴染《なじ》み客の誰かかもしれないわね。わたし、何人かに本名とスマホの電話番号を教えたことがあるから」

「今度、脅迫者から連絡があったら、金は用意できたと言って、とにかく相手に会いなよ。そのとき、おれがそいつを痛めつけてやろう」

「お願いします。わたし、夫との生活を壊されたくないの。デートガール時代に貯《た》めたお金がそっくり残ってるから、三百万でカタがつくんだったら……」

「口止め料なんか絶対に渡しちゃ駄目だ。一度でも金を渡したら、相手はきりなく銭をせびろうとするだろうからな」

「それは困るわ。あっ、キャッチフォンだわ。クマさん、そのまま少し待ってて」

亜矢の声が途切《とぎ》れた。

多門はボルボを走らせながら、デートガール時代の亜矢のことを思い出していた。亜矢は秋田県の出身だった。高校を出ると、東京のタレント養成所に入った。

テレビ女優をめざしていたが、それは見果てぬ夢で終わってしまった。亜矢は荒《すさ》んだ生活を重ね、ＡＶの仕事で喰い繋いでいた。

しかし、二十五歳を過ぎると、裏ＤＶＤ出演の仕事しか舞い込まなくなった。それも、いわゆる変態ビデオの出演依頼ばかりだった。

性的にノーマルな亜矢は、その種の仕事はできなかった。やむなく彼女は新宿歌舞伎町でキャバクラ嬢になった。だが、長続きはしなかった。同僚たちにいじめられたからだ。そうした経緯があって、亜矢はデートガールになったのである。

彼女は仲間たちに好かれ、客たちの受けもよかった。三年ほど体を売り、見合い結婚したらしい。もう三十路《みそじ》を迎えたのではないか。

「クマさん、ごめんなさい。電話、例の脅迫者だったの」

亜矢が一息に喋った。

「で、おれが言った通りに相手に告げたかい？」

「ええ、言ったわ。そうしたら、電話の男はＪＲ目黒駅のそばにある『アルハンブラ』って喫茶店《サテン》に三百万円を持って来いって」

「指定された時刻は？」

「午後三時なんだけど、クマさん、来てもらえる？　急なお願いだから、時間的に無理かな？」

「間に合わせるよ」

「ありがとう。それじゃ、わたしは大急ぎで銀行に行って、お金を引き出してくるわ」

「そうしてくれ。亜矢ちゃん、おれが顔を出す前に相手に金を渡すなよ」

「わかりました」

「それじゃ、後で会おう」

多門は通話を切り上げ、ボルボを脇道に入れた。車の向きを変え、目黒通りに戻る。

江波戸のマンションに忍び込むつもりだったが、困っている女性の頼みを断るわけにはいかない。

多門はボルボを目黒駅方面に走らせはじめた。

十分ほど道なりに進むと、目黒駅に達した。多門は裏通りに車を停めた。二時半を回ったばかりだ。車内で十五分ほど時間を潰《つぶ》し、『アルハンブラ』に向かった。その喫茶店は造作なく見つかった。洋館を模した造りだった。

多門はサングラスをかけ、『アルハンブラ』から数十メートル離れた場所にたたずんだ。

煙草に火を点けたとき、『アルハンブラ』の前に一台のタクシーが停止した。降り立った客は亜矢だった。幾らか老《ふ》けたようだが、人妻らしい雰囲気を漂わせている。化粧は薄かった。白っぽいワンピースも派手ではない。

亜矢は慌《あわ》ただしく『アルハンブラ』の中に入っていった。脅迫者が近くにいるのではないか。

多門はさりげなく周《まわ》りを見た。しかし、怪《あや》しい人影は見当たらない。すでに脅迫者は喫茶店の中にいるのか。

多門はロングピースをたてつづけに二本喫《す》ってから、『アルハンブラ』の扉を押した。

店内には、エリック・サティの名曲が控え目に流れていた。亜矢は奥のテーブル席で、黒いスポーツキャップを目深《まぶか》に被った男と向かい合っていた。

三十歳前後だった。その横顔には見覚えがあった。

多門はサングラスを外《はず》して確認した。なんとスポーツキャップの男は、昔の舎弟だった。都丸正敏《とまるまさとし》という名で、デートガールたちの連絡係を務《つと》めていた。

多門は、亜矢と都丸のいる席に大股で近づいた。

気配で、二人が顔を上げた。

「あっ、多門の兄貴じゃないですか⁉」

都丸が目を丸くした。多門は都丸のスポーツキャップを毟《むし》り取り、通路に叩きつけた。

「てめえが亜矢ちゃんを脅してやがったのかっ」

「あ、兄貴がどうして？」

「質問に答えな」

「兄貴は何か勘違いしてるんすよ」

「どう勘違いしてるってんだっ」

「おれは、亜矢ちゃんから金を借りようとしただけっす」

都丸が言い訳した。すぐに亜矢が都丸に怒声を浴びせた。

「汚い男ね。あんた、わたしに三百万の口止め料を出せって言ったでしょうが！」

「聞き違いだよ。おれは金を貸してもらえないかと頼んだだけだぜ」

「都丸、おれは悲しいぜ。昔の子分がそこまで落ちぶれたんだからよ」

「兄貴、ちょっと待ってくれませんか」

「おれは、もう堅気なんだ。兄貴なんて呼ぶんじゃねえ」

多門は椰子《やし》の実《み》大の膝頭《ひざがしら》で、都丸の脇腹を蹴った。都丸が唸り、かたわらのソファに倒れ込んだ。

「まだ金は渡してないよな？」

多門は亜矢に訊《き》いた。

「ええ、まだよ。脅迫者が連絡係をやってくれてた都丸さん、ううん、都丸なんで、驚いちゃった」

「亜矢ちゃんは先に家に帰りなよ。後は、おれに任せてくれ」

「でも、クマさんにお礼もしなければならないし……」

「おれたちは昔の仲間だったんだ。お礼だなんて、水臭えよ。とにかく、亜矢ちゃんは帰ったほうがいいな」

「それじゃ、後でクマさんに連絡します」

亜矢がビーズの手提げ袋を抱え、静かに立ち上がった。多門は亜矢が店から出ていくのを目で確かめてから、都丸の正面に坐った。

ウェイトレスがオーダーを取りに来た。

多門はコーラを注文し、煙草をくわえた。都丸は脇腹を押さえ、まだ顔を歪《ゆが》めている。

「おめえの弁解を聞いてやろう」

「おれ、一年前に足を洗ったんすよ」

「そいつは知らなかったな。で、いまは何をやってるんだ?」

「無職です。真面目に働くつもりだったんすけど、おれ、左手の小指飛《エンコ》ばしてるし、背中にゃ弁天小僧の刺青《スミ》入れてるんで、なかなか働き口が見つからなかったんすよ」

「で、金に困って強請《ゆすり》をやる気になったのか。贅沢《ぜいたく》しなけりゃ、三百万で半年は暮らせるだろうからな。銭《ぜに》を遣い果たしたら、また亜矢ちゃんに生活費を出させるつもりだったんだろうが！」

「そうじゃねえんだ。そうじゃないんですよ」

「金は別のことで必要だったってのか？」

多門は問いかけた。

「そうなんすよ。おれ、付《つ》け指《ゆび》が欲しかったんです。それから、レーザーで背中の彫《ほ》りものも消したかったんすよ。その費用に三百万近くかかるんで、亜矢ちゃんを脅して、銭を借りようと……」

「手術をしてから、また就職活動をする気だったようだな」

「その通りっす。おれ、本気でやり直そうと思ってたんですよ。だけど、さんざん迷惑をかけた親兄弟に手術費用を貸してくれとは言いにくくてね」

「だからって、田上組が面倒見てた女の子から銭を引っぱり出そうなんて、土台、料簡《りょうけん》が間違ってらあ」

「確かによくないっすよね。だけど、おれも切羽詰《せっぱつ》まってたんで……」

都丸がうなだれた。ちょうどそのとき、コーラが届けられた。

ウェイトレスが遠のくと、多門は都丸を見据《す》えた。

「二度と亜矢ちゃんにおかしな電話をするんじゃねえぞ」

「わかりました。亜矢ちゃんには、きちんと詫《わ》びを入れます」

「そうしな。おめえが本気で真っ当に働く気があるんだったら、おれが手術費用を出世払いで貸してやるよ」

「多門の兄貴、ほんとっすか!?」

都丸の顔がにわかに明るんだ。

「兄貴って呼ぶなと言ったろうがっ。おれは、もう足を洗った人間なんだ」

「すみません。つい昔の癖《くせ》が出ちゃって」

「少し気をつけな」

多門は卓上のゴブレットを掴み上げ、直《じか》にコーラを飲んだ。ゴブレットをテーブルに戻したとき、急に都丸が喉を軋《きし》ませた。肩が震えている。

「都丸、泣いてんのか。え？」

「兄貴、いいえ、多門さんの俠気《おとこぎ》が嬉しくって……」

「てめえは半端《はんぱ》な野郎だったが、一応、おれの舎弟だったからな。手術費を支払うときは、おれに連絡しろや。それから、これでここの勘定を払いな」

多門は卓上に一万円札を置き、勢いよく立ち上がった。表に出ると、亜矢が走り寄ってきた。

「なあんだ、まだこんな所にいたのか。都丸には少し説教しといたから、もう変な電話はかけねえはずだ」

「クマさん、本当にありがとう」

「どこかでゆっくり昔話をしたいところだが、ちょっと用事があってな。そのうち改めて会おうや」

多門は軽く手を挙《あ》げた。そのとき、亜矢が手提げ袋の中からティッシュペーパーにくるんだ包みを取り出した。

「少ないけど、受け取って。十万ぽっちじゃ恥ずかしいんだけど、感謝の気持ちよ」

「亜矢ちゃん、怒るぜ。礼なんか必要ないよ」

「でも……」

「その金で旦那に何か買ってやれや」

多門は言って、足早《あしばや》に歩きだした。背後で亜矢が何か言ったが、彼は振り向かなかった。

裏通りに急ぎ、ボルボＸＣ40に乗り込む。目黒通りに出ると、碑文谷に向かった。多門はグローブボックスから布手袋《ぬのてぶくろ》と特殊万能鍵を引っ張り出した。
十五、六分で、江波戸が住んでいた三階建ての低層マンションに着いた。多門はごく自然に車を降り、低層マンションまで歩く。江波戸が借りていた部屋は一〇三号室だった。
多門はあたりに人目がないのを確認してから、素早く布手袋を嵌《は》めた。ピッキングに一分もかからなかった。部屋の温気《うんき》は蒸《む》れていた。間取りは１ＤＫだった。

多門は靴を脱ぎ、ダイニングキッチンに上がった。

奥の洋室は八畳ほどの広さで、床は狐色《きつねいろ》のフローリングだった。ベッドが左側に置かれ、反対側にはパソコン、ＣＤコンポ、テレビなどが並んでいる。

ほぼ中央に、ガラストップのテーブルが据えてあった。ソファは見当たらない。

多門はパソコンデスクに歩み寄った。

USBメモリーは一個も見当たらない。警察が捜査資料として持ち出したのだろう。

多門はベランダ側に置かれた机に近づいた。

引き出しの中をすべて覗いてみたが、事件や凶器と結びつくようなメモなどは何も見つからなかった。ベッドの横の書棚の前に移る。

自動車関係の専門書が目立って多い。最下段には、銃器関係のグラフ誌やモデルガン雑誌がびっしりと詰まっていた。

多門はグラフ誌を一冊ずつ手に取り、モデルガン雑誌にも目を通した。モデルガン雑誌には十数枚の領収証が挟んであった。

どれも、モデルガンの店が発行したものだった。ガンショップの所在地は高田馬場《たかだのばば》になっていた。江波戸は、いつも同じ店でモデルガンを購入していたらしい。

多門は領収証の一枚を上着のポケットに入れ、何気なくベッドの下を覗き込んだ。半透明の大きなプラスチック容器が目に留《と》まった。

中身は夥《おびただ》しい数のモデルガンだった。コルト、ルガー、ヘッケラー&コッホ、ベレッタといったポピュラーな模造銃ばかりではなく、初めて見る型《タイプ》も少なくなかった。アメリカで開発され、イスラエルで製品化されているターゲット射撃用の拳銃デザート・イーグルのモデルガンもあった。

エアガンの種類も多かった。それらは、どれもスプリングが強化されていた。BB弾もたっぷりあった。

江波戸は壁に笠原の似顔絵でも貼りつけて、改造エアガンで毎日、狙《ねら》い撃ちをしていたのかもしれない。

多門はそう推測しながら、洋服簞笥《だんす》の中を検《しら》べた。ジャケットやコートのポケットをことごとく探ってみたが、スマートフォンも名刺入れも見つからなかった。

ふたたび多門はパソコンデスクの前に立った。よく見ると、パソコンの電源は切られている。

江波戸の馴染みのモデルガンショップにいけば、何か収穫がありそうだ。

多門は汗を拭き拭き、江波戸の部屋を出た。室内はサウナのように蒸し暑かった。多門は特殊万能鍵で一〇三号室のドアをきちんとロックし、ボルボに戻った。

エンジンをかけ、冷房を強める。少し経つと、汗が引いた。

多門はボルボをスタートさせた。

高田馬場のモデルガンショップに着いたのは五時過ぎだった。残照で、まだ表は明るい。

多門は車を路上に駐《と》めて、店内に入った。各種の模造銃が陳列され、コンバットナイフやピストル型の洋弓銃《クロスボウ》なども売られていた。

軍服や迷彩服もスタンドハンガーに吊《つ》るされている。ミリタリーショップも兼ねているのだろう。

中学生と思われる少年が数人、エアガンのショーケースに群がっていた。店主らしい男は奥にいた。まだ二十代の前半だろう。金髪のパンキッシュヘアで、片方の耳に髑髏《どくろ》を象《かたど》ったピアスを光らせている。

多門の姿に気づくと、男は愛想よく問いかけてきた。

「どんな模造銃をお探しでしょう?」

「客じゃないんだ。おたくが店のオーナー?」

「ええ、一応。去年、親父《おやじ》が病死したんで、ぼくが家業を継《つ》ぐことになったんですよ。それまで美容師の仕事をやってたんですけどね」

「そう。おれの従弟《いとこ》の江波戸毅がこの店でモデルガンをよく買ってたよな?」

多門は、もっともらしく言った。

「ええ、江波戸さんはうちの上客でした。でも、まさか西急ホテルで昔の上司を撃ち殺して、服毒自殺するとは思ってもいなかったな。ネットニュースで知って、びっくりしました」

「そうだろうな。おれも、もう従弟がこの世にいないなんて、まだ信じられない気持ちだよ」

「後《おく》れ馳《ば》せながら、お悔《くや》み申し上げます」

「ご丁寧《ていねい》に……」

「それで、ご用件は？」

「従弟が犯行に使ったブラジル製のリボルバーの入手先を知りたいんだ」

「ロッシーでしたね、凶器は」

「ああ。この店で、まさか真正銃をこっそり売ってるなんてことはないよな？」

「冗談、きついなあ。うちはもちろん、ほかのモデルガンショップでも拳銃の密売なんかやってませんよ。死んだ親父から聞いた話だと、かなり昔は一部の店主がモデルガンを改造して、マニアにこっそり売ってたらしいですけどね」

「昭和三、四十年代のモデルガンは金属製だったから、ちょっと手を加えりゃ、真正銃に近い改造銃にするのは簡単だったんだろう」

「親父も、そう言ってましたよ。それから、そういう改造銃がよく犯罪に使われたとも言ってたな。いまのモデルガンは本体がプラスチックですんで、改造はできませんけどね。改造銃で思い出したけど、江波戸さんから、昔の金属製モデルガンがどうしても欲しいんだと言われたことがあったな」

二代目店主が言った。

「それは、いつごろの話なの？」

「日新自動車をやめた翌月だったと思います。親父なら年配のコレクターとつき合いがあったんだろうけど、ぼくは若いお客さんしか知らないんで、江波戸さんにネットオークションに昔の金属製モデルガンがレアアイテムとして出品されてるかもしれないって教えてあげたんです」

「レアアイテムというと、稀少《きしょう》価値の高いマニア向けの商品のことだな」

「ええ、そうです。昭和三十年代前半に製造されたモデルガンは、マニアの間で数十万から百万円の高値で売買されてるそうです」

「中国製トカレフのノーリンコ54なら、真正銃が何挺も買えそうだな」

「でしょうね」

「おれの従弟はネットオークションのサイトを検索してて、金属製モデルガンの出品を知り、それを落札した。それで売り手に拳銃の密売人を紹介してもらって、ロッシーを手に入れたんじゃないのかな」

「それ、考えられますね。モデルガンのマニアは、たいてい真正銃に強い関心を持っています。買う、買わないは別にして、拳銃の密売情報も入ってくるはずですよ」

「だろうな」

「もう一つ考えられるのは、江波戸さんがパソコンかスマホを使って、ネット上の掲示板に『昔の金属製モデルガンを探しています』と入力したことですね。それを見た拳銃密売人が江波戸さんに接触して、ロッシーを売った可能性もあるんじゃないですか」

「そうだね。ネットオークションを使って、拳銃を大量に売り捌《さば》いてる組織があるんだろうか」

「そういう噂《うわさ》は聞いたことないな。でも、そうした拳銃密売組織があっても不思議じゃありません。法律では売買が禁じられてる刀剣、麻薬、毒物、裏ＤＶＤなんかが実際にはネットでこっそり売り買いされてますからね。実を言うと、ぼく自身、アメリカ人のおっさんから本物の死姦《しかん》ＤＶＤを買ったことがあるんですよ」

「売り手とは英語で遣《や》り取りして、ＤＶＤの代金の支払い方法や受け取り方なんかを決めたのかい？」

多門は確かめた。

「ええ、そうです。死姦ＤＶＤは迫力満点でしたね。絞殺された女の体は硬直しかけてるんですけど、マネキン人形とは動きが違うんですよ。男がバッコンバッコンやると、おっぱいがゆさゆさ揺れるんです。金髪も揺れてたな」

「ふうん」

「もう見飽《あ》きちゃったから、格安で譲ってもいいですよ。二万で、どうでしょう？」

「おれを変態扱いする気かっ」

「別に、そういうわけじゃ……」

若い店主が怯《おび》えた顔つきになり、慌《あわ》てて奥に引っ込んだ。

チコに協力してもらって、ネット上に撒《ま》き餌《え》を放ってみるか。うまくすれば、拳銃密売組織が引っかかってくるかもしれない。

多門はガンショップを出て、ボルボに足を向けた。

第二章　怪《あや》しいネットオークション

1

陽気なシャンソンが耳に届いた。
曲は『ろくでなし』だった。ニューハーフクラブ『孔雀』である。
多門は店内を見回した。
隅のテーブルで、七人のニューハーフが談笑していた。その中に、チコはいなかった。
客の姿はない。まだ午後八時前だ。
ショットバーで二、三杯引っかけてから、また来るか。
多門は美しい男たちに目で笑いかけ、店のドアを閉めようとした。
そのとき、和服姿のママが奥から走り出てきた。早苗《さなえ》という源氏名《げんじな》だった。十数年前まで歌舞伎の女形《おやま》だった男である。

「クマさん、お久しぶり！　お元気だった？」

「まあな」

「会えて嬉しいわ。わたし、クマさんのことを想《おも》いながら、毎晩お股を濡らしてたのよ」

「ママ、顎《あご》の髭《ひげ》二、三本剃《そ》り残してるぜ」

多門は言った。早苗が体を斜めにし、自分の顎に手を当てた。慌《あわ》てぶりがコミカルだった。

「冗談だよ」

「意地悪ねえ」

元女形が妙な科《しな》をつくった。仕種《しぐさ》だけは、ぞくりとするほど色っぽかった。体型は、どう見ても中年男そのものだ。

「チコは同伴出勤なのかな？」

「ううん、同伴じゃないはずよ。彼女はうちのナンバーワンだから……」

「もったいぶって遅めに出勤してやがるのか。生意気な野郎だ」

「クマさん、女郎《めろう》でしょ？　チコちゃんは体を大改造したんですもの」

「どういじくったって、男は男さ」

「その言葉は、こういうお店では禁句よ。わたしたちはみんな、身も心も女だと思ってんだから」

「ママは、まだ股にナニをぶら下げてんだろ？」

「お下品ねえ。いろいろ事情があって、まだ切断してないのよ。それより、新しい子たちが何人も入ったの。チコちゃんが来るまで、みんなの相手をしてあげて」

「気が進まねえな。元男《もとおとこ》どもにくっつかれても楽しくねえもん」

「そんなこと言わずに、口開けのお客さんになってよ」

「しょうがねえな。その代わり、おれのわがままも聞いてもらうぞ」

「わがままって？」

「チコが来たら、あいつを今夜はフリーにしてやってくれねえか」

多門は言った。

「クマさん、それは困るわ。うちのお店は、チコちゃんで保《も》ってるんだから。お客さんの七、八割は、彼女がお目当てなの」

「営業補償はするよ。三十万じゃ足りねえか？」

「それだけ出してもらえば、店としては御《おん》の字《じ》よ。ここんところ、売上が二十万を切っちゃう日があるの。世の中、やっぱり不景気なのね」

「よし、話は決まりだ」

「クマさん、チコちゃんとホテルに行く気になったの？」

「そんなんじゃねえよ。ちょっとチコの力を借りてえことがあるんだ」

「ま、いいわ。深くは訊かないことにする」

早苗ママが多門の片腕を取り、中央のボックスシートに導《みちび》いた。待機していたニューハーフたちが席に着いた。そのうちの三人は初対面だった。

三人がそれぞれ名乗った。多門はコニャックをボトルでオーダーし、オードブルを何種類か頼んだ。七人のニューハーフには、好きなドリンクを振る舞ってやった。

新入りの三人が代わる代わるに多門の体軀《たいく》を誉《ほ》めたが、うっとうしいだけだった。多門はニューハーフたちの話に短く相槌《あいづち》を打ちながら、黙々とグラスを重ねた。

席はいっこうに盛り上がらない。

ママの早苗が気を利《き》かせたつもりか、七人の従業員にラインダンスを踊らせた。新人の三人は豊胸手術で膨《ふく》らませた胸をことさら揺らし、脚《あし》も高く跳《は》ね上げた。

そのサービス精神には頭が下がる思いだったが、多門は少しも愉《たの》しめなかった。

ラインダンスが終わると、ママが日本舞踊を披露した。艶《あで》やかな女舞いだったが、やはり多門はまるで興味が湧かなかった。

八時半を回ると、馴染み客らしき二人の男がやってきた。古株のニューハーフとママ、が多門の席に留《とど》まり、ほかの六人は別のテーブルに移っていった。

「元大工の蘭子《らんこ》が死んで、もうだいぶ経《た》つな」

多門は早苗ママに顔を向けた。

「もう一年半になるわ。クマさん、お墓のこと知ってる？」

「墓？」

「ええ、そう。チコちゃんがね、自分のお金で蘭子のお墓を作ってあげたの」

「その話は初めて聞くな」

「チコちゃんらしいわ。あの子、意外にシャイだから、何かいいことをしても絶対に自分からは自慢たらしい話はしないの」

「蘭子は親の墓に入れてもらえなかったのか？」

「ええ、そうなの。いったんは兄弟が蘭子のお骨《こつ》を引き取ったんだけど、代々の墓には納めたくないなんて言い出したのよ。チコちゃんはその話を聞いて、自分のポケットマネーで調布《ちょうふ》のお寺の墓地の永代供養料を払って……」

「ふうん」

「偉いと思わない？　他人のために、そこまではなかなかできないでしょ？」

「そうだな」

「チコちゃんは自分が入る墓を早目に作っただけだなんて言ってるけど、そういう屈折した思い遣《や》りって素敵よね」

「ああ、カッコいいな」

「わたし、チコちゃんに借りをこさえちゃったわ。本来なら、わたしが蘭子のために一肌脱がなきゃいけないんだから。でも、結局、何もしてやれなかった。わたしたちは異端者だから、支え合わなきゃいけないのに」

早苗ママがうつむいた。

ベテランのニューハーフが小声で早苗を慰めている。多門は敢《あ》えて何も言わなかった。

人には、それぞれ器量というものがある。他者のために汗を流し、身銭《みぜに》を切りたいと思っていても、それを実行できるとは限らない。さまざまな思惑《おもわく》や柵《しがらみ》があって、思い通りにならない場合もある。それはそれで、仕方のないことだろう。

ママの早苗が妙な負い目を感じることはない。チコが子供じみたヒロイズムに酔いたくて蘭子の墓を買ってやったとしても、それはそれでほほえましいことではないか。

それぞれの人生なのだから、思い通りに生きるべきだ。

多門はロングピースをくわえた。すかさず早苗がライターの炎を差し出す。煙草を半分ほど喫《す》ったとき、チコが姿を見せた。

「あら、クマさん！　どういう風の吹き回し!?」

「おめえを待ってたんだよ」

「ナチュラルな女性には飽《あ》きたのね。やっとクマさんも、あたしの魅力に気づいてくれたのか。ちょっと鈍《にぶ》すぎるけど、ま、許してあげる」

「勘違いするんじゃねえよ。ママ、チコに説明してやってくれ」

多門は元歌舞伎役者の撫《な》で肩を軽く叩いた。

早苗ママがソファから腰を浮かせ、チコに歩み寄った。多門は煙草の火を消し、ママにチェックするよう言った。

「それじゃ、ボトル代込みで二十万いただくわ」

「そうもいかねえよ。三十払うって」

「いいのよ。二十万でも、あこぎな商売をさせてもらってるんだから」

早苗が多門の耳許で言った。

多門はママに三十枚の万札を無理矢理に握らせ、チコと店を出た。

「クマさん、あたしに何をしろって言うのよ？」

「とりあえず、おめえのマンションに行こうや。話は、それからだ。車、区役所裏の有料駐車場に預けてあるんだ。行くぜ」

「クマさん、わがままずぎると思わない？　いつも一方的なんだから！」

「確かに、おれは強引だよな」

「その先は言わないで。どうせゴーイング・マイウェイなんて、使い古された親父ギャグを飛ばす気なんだろうから」

「チコ、最近少し賢くなったじゃねえか」

「何よ、ばかにして」

チコはぶつくさ言いながらも、すぐに従《つ》いてきた。

二人は百メートルほど歩き、ボルボに乗り込んだ。チコの自宅マンションは新宿五丁目にある。

多門は車を走らせた。十分足らずでチコの塒《ねぐら》に着いた。１ＬＤＫの部屋は小ざっぱりと片づけられていた。

多門はリビングソファに腰かけ、協力してほしいことを具体的に話した。

「ネット掲示板に入力する前に、オークションの検索をしてみるわ」

チコが立ち上がり、居間にあるパソコンデスクの前に坐った。すぐにオークションのインデックスや検索ワードを使って、モデルガンの出品をチェックしはじめた。

「チコ、どうだ？」

「モデルガンは多くのサイトに出品されてるけど、レアものは売り出されてないわね」

「そうか。一応、モデルガンの全出品者のデータをプリントアウトしてくれや」

「わかったわ」

「それから、おれのスマホに『昔の金属製モデルガンを探しています。高値で買い取ります』って入力してもらいてえんだ」

「いいわ。ちょっと待ってて」

「よろしく頼む！」

多門は自分のスマートフォンをコーヒーテーブルの上に置き、ソファに深く凭《もた》れた。

チコはモデルガンの出品者のリストを揃《そろ》えると、多門のスマートフォンを使ってネット掲示板に入力を済ませた。

「拳銃密売グループがクマさんの伝言を見たとしても、すぐにメールを送ってくるかしら？」

「そいつはわからねえな。金属製のモデルガンを欲しがってるのは改造したいと考えてるからにちがいないと敵が判断してくれりゃ、何らかの反応は示すんじゃねえのか？」

「そうかな。あたしは、謎の拳銃密売組織がネットオークションを使ってるとしたら、銃器とは掛け離れた品物を出品してるんじゃないかって気がするわ」

「たとえば、どういう品物が考えられる？」

「そうね、アンティーク家具とかビンテージものの電化製品ね」

「それで、落札者に真正銃も買わないかって打診するわけか？」

「ええ、多分ね。あるいは密売人グループが何らかの方法で事前に特定のショッピングモールかオークションサイトにアクセスすれば、本物の拳銃が手に入れられるって情報を流してるんじゃないかしら？」

「どんな方法で情報を流してると思う？」

「すぐには思いつかないけど、もしかしたら、売り手はインターネット接続業者やホームページ検索サービス会社を抱き込んで、何か暗号を使って買い手にサインを送ってるのかもね」

「そうだったとしたら、買い手は予め《あらかじ》暗号を何らかの方法で誰かに教えられてるんだな？」

多門は確かめた。

「そういうことね。サラリーマンが集まる居酒屋とか若い子たちが踊りに行ってるクラブのトイレの中にフライヤーが大量に置かれてるんじゃないのかな？」

「フライヤー？」

「昔流に言うと、チラシ広告ね。最近、若い連中のプレイスポットには各種のフライヤーが置いてあるのよ。ブティックやヘアサロンの割引広告だったり、コンサートの案内だったりね」

「拳銃密売組織は覆面で、フライヤーを使って真正銃を手に入れられる方法があるって、不特定多数の人間に教えてるってことか」

「そう。クマさんの今回の依頼人が言ってるようにネットを利用して拳銃が大量に密売されてるとしたら、そういう方法で買い手を集めてるんじゃない？」

「そうなのかね」

「女の子はともかく、男たちの大半はたやすく真正銃が買えるんだったら、手に入れたいと思うんじゃないかな。日本もアメリカみたいに治安《ちあん》が悪くなってるから、拳銃を持ってたら、心強いじゃない？　値段が安ければ、それこそ飛ぶように売れると思うわ」

チコがそう言い、細巻きのアメリカ煙草をくわえた。

そのすぐ後、多門のスマートフォンにメールが届いた。ネット掲示板を見たという人物からのメールだった。

多門はディスプレイの通信文を読んだ。メールの送信者は五十三歳の自営業者で、中・高校時代に買い集めた金属製モデルガンを三十数挺持っているという。

多門は、すぐ関心があることを相手にメールで伝えた。幾度かメールの遣《や》り取りをしてから、互いに氏名を明かし合った。相手は板垣和夫《いたがきかずお》という名だった。

多門は板垣のスマートフォンを鳴らした。電話は、ツーコールで繋がった。

「できるだけ早くレアもののモデルガンを見せてほしいんですよ。お住まいは都内なんでしょ？」

「調布です」

「ご迷惑じゃなかったら、これからお宅に伺《うかが》いますよ」

「それはちょっと困ります」

「明日のご都合は？」

「夕方なら、時間の都合がつきます」

板垣が言った。

「それじゃ、新宿あたりで会いましょうか？」

「ええ、かまいません」

「それじゃ、西口の京陽《けいよう》プラザホテルの一階ロビーで午後五時に落ち合いませんかね」

「お互いに顔を知らないわけですから、何か目印とか特徴を教えてもらえます?」

「こっちは大柄です。身長は二メートル近くあります。あなたは?」

「わたしは中肉中背です。髪は割に短めで、胡麻塩頭《ごましお》です。早く見つけていただけるよう、明日は七宝焼《しっぽう》のループタイをしていきましょう」

「わかりました」

「まとめ買いをしていただけるのでしたら、売り値は相談に応じます。家内や倅《せがれ》たちは何年も前からモデルガンを棄《す》てろと言ってるんですが、わたしにはどれも宝物なのですよ。小遣いをせっせと貯めたりアルバイトをして、ようやく手に入れた物ばかりなんです。ごみと同じように棄てるわけにはいきません」

「そのお気持ち、よくわかります。こっちも、マニアのひとりですんでね」

「なんだかお目にかかるのが楽しみになってきました」

「同じ気持ちです。それでは、明日……」

多門は電話を切った。

いつの間にか、チコの姿が居間から消えていた。トイレに行ったのか。

「クマさん、ちょっと来て」

寝室でチコの声がした。

多門はリビングソファから立ち上がり、寝室に足を踏み入れた。その瞬間、たじろぎそうになった。なんとチコは全裸でベッドに横たわっていた。仰向けだった。

「おい、何を考えてやがるんだっ」

「クマさんのわがままを聞いてあげたんだから、今度はあたしのリクエストに応《こた》えてちょうだい。あたしの腰の蝶番《ちょうつがい》が外れるぐらいにワイルドに抱いて」

「おれは女専門なんだ。ニューハーフなんか抱けるかっ」

「なら、あたしがクマさんを抱いてあげる。クマさんは鮪《まぐろ》みたいに転がってて。それなら、いいでしょ？」

「よくねえよ」

多門は玄関に向かった。

2

約束の時刻が過ぎた。

多門は、京陽プラザホテルの一階ロビーのソファに腰かけていた。表玄関の近くだった。

板垣という男は約束を忘れてしまったのか。そんなはずはない。きのうのきょうである。何か急用ができたのかもしれない。それなら、連絡してくるのが礼儀だろう。

多門は少し苛《いら》つきはじめた。

子供のころから、待ち合わせの時間だけは守ってきた。それは亡母の躾《しつけ》だった。時間にルーズな人間は、それだけで信用を失う。母は事あるごとに、幼い多門にそう言い聞かせた。その教えは、いまも忘れていない。

胡麻塩頭の五十男があたふたとロビーに駆け込んできたのは、五時十七分過ぎだった。ループタイをして、大きなスポーツバッグを提《さ》げている。板垣和夫だろう。

多門はすっくと立ち上がり、五十年配の男に歩み寄った。男が会釈《えしゃく》する。

「板垣さんですね？」

多門は先に口を開いた。

「ええ、そうです。遅くなって申し訳ありません。出がけに、お客さんが店に来たものですから。わたし、小さな印章店をやってるんですよ」

「ハンコ屋さんですね？」

「はい、そうです。名刺の印刷なんかも請《う》け負《お》ってますけど、小さな商《あきな》いですので、いつも火の車でして……」

「ロビーでバッグを開けるのは、ちょっとまずいでしょ？　ホテルマンがモデルガンを本物の拳銃と間違えて、一一〇番するかもしれませんからね」

「それは大変だな」

「それじゃ、すぐそこの新宿中央公園で品物を見せてもらいましょうか」

「わかりました」

板垣が踵《きびす》を返した。

多門たち二人は高層ホテルを出た。黄昏《たそがれ》の気配が漂っていたが、まだ暗くはなかった。

数分歩くと、新宿中央公園に着いた。

二人はベンチに坐った。大型のスポーツバッグを挟む形だった。

板垣がスポーツバッグのファスナーを開けた。

多門はバッグの中を覗き込んだ。一挺ずつ白いネットクッションでくるまれた模造銃が折り重なっていた。自動拳銃よりもリボルバーのほうが多かった。

「これは、世界初のオートマチック・ピストルのモーゼル・ミリタリーです」

板垣がそう言いながら、包みを押し開いた。

銃身が長く、弾倉は箱型だった。ボルトアクション・ライフルの装弾方法が採用されている。

「確かモーゼル・ミリタリーは軍用銃の王と呼ばれて、ホルスター兼用のストックを使えば、カービンの代わりにもなったんですよね？」

「お精《くわ》しいな。おっしゃる通りです。モーゼル・ミリタリーはドイツ銃器メーカーの雄であるモーゼル社が一八九六年に製造したものです。それに刺激されて、ライバル社のワルサーがＰＰシリーズを成功させたんですよ」

「そこまでは知らなかったな」

「このモデルガンは昭和三十八年に誕生したもので、主体材質は鉄と真鍮《しんちゅう》です。十年ほど前まで七・六三ミリの模造弾も取ってあったんですが、残念ながら、紛失してしまいました」

「惜《お》しいなあ」

「模造弾はありませんが、このモデルガンは充分に稀少価値はあると思います。多分、全国で数十挺も残っていないでしょう」

「そうだろうな」

「これを買った晩は嬉しくて、朝まで枕許に置いてたんです。夜中に何度も目を覚まして、常夜灯《じょうやとう》の小さな光に翳《かざ》して眺めたものです」

「そうですか」

多門は笑顔で応じながら、本題に入るタイミングを計《はか》りはじめた。

「リボルバーも珍しいものを持っています。ウェブリー&スコットです。一八八七年にイギリス軍に制式化されて、改良を加えながらも第二次世界大戦まで現役を務《つと》めたんですよ。初期のものは中折れ式で、薬莢《やっきょう》を自動的に排莢することができたんです」

「そこまでは知らなかったな」

「いま、お見せしましょう」

板垣がモーゼル・ミリタリーをネットクッションでくるみ、ウェブリー&スコットの模造銃を剝《む》き出しにした。

「レアものばかりみたいだな」

「ええ。一番新しいコルト・ウッズマンも三十四年近く前に製造されましたんでね」

「昔の金属製モデルガンなら、改造は簡単そうだな」

「ええ、まあ。銃身部分に補強金具を嵌《は》め込むだけで、密造弾を飛ばせるでしょうね。実は若いころ、モデルガンを改造したことがあるんですよ。弾《たま》のほうは、花火の火薬を集めて造りました」

「撃ってみたのかな？」

「ええ、試射してみましたよ。至近距離でしたけど、厚さ二センチほどの板を楽に撃ち抜きましたね。それから、家の近くの池にいた鯉と蛙を撃っちゃいました。どちらもミンチになりましたよ」

「凄《すご》い威力だな」

「ええ。しかし、悪いことはできませんね。鯉を撃った瞬間を近所のおばさんに見られて、おふくろに告げ口されちゃったんですよ。その夜は親父に拳骨《げんこつ》で顔面を一発殴《なぐ》られて、改造銃も取り上げられてしまいました」

「それは、もったいなかったな」

「わたしも、そう思いました。モデルガン集めをやってると、どうしても実射してみたくなります」

「よくわかりますよ、その気持ちは。この年齢《とし》になっても、本物の拳銃は欲しいと思うもんな」

多門は、さりげなくルアーを投げた。板垣が曖昧に笑って、話題を変えた。

「わたしが一挺ずつ説明するよりも、あなたに直《じか》に見てもらったほうがいいな。全部で十七挺あります。まとめて買っていただけるのでしたら、六十万円で結構です。商売、赤字つづきで遣《や》り繰《く》りが大変なんですよ。とにかく、値踏みしてみてくれませんか」

「板垣さん、変なことを訊《き》いてもいいかな」

「はい、なんでしょう？」

「もしかしたら、おたく、真正銃を売ってるんじゃないの？　レアもののモデルガンを売ると客と接触して、実はトカレフとかロッシーを……」

多門は探りを入れた。

「わたしが本物の拳銃を売ってるんじゃないかとおっしゃるんですか⁉」

「そっちの言い値で買いますよ。おれ、オーストリア製のグロック17が欲しいんだ」

「ま、待ってくれませんか。わたしは、本物の拳銃なんて一挺も持ってません。裏社会の人間とはまったく繋がりがないんで、真正銃なんて入手できませんよ」

板垣が真剣な顔つきで言った。表情には、驚きと怯《おび》えの色が交錯《こうさく》していた。嘘をついているようには見えない。

江波戸が板垣からブラジル製のリボルバーを買った可能性はなさそうだ。

「失礼なことを言っちゃったようだな。勘弁してください。ところで、どこかで本物の拳銃を入手できませんかね。マニア仲間から、何か情報を得てるでしょう？」

「あなた、警察の方なんじゃありませんか？」

「おれが刑事に見えます？」

多門は問い返した。

「いろんなタイプの刑事さんがいるという話ですので……」

「警察の人間じゃありませんよ。ただ、必要があって、本物のピストルをどうしても手に入れたいと思ってるんです。板垣さん、知ってることがあったら、ぜひ教えてください。どこかで小耳に挟んだんだが、インターネットを使って真正銃を売ってる奴がいるらしいね？」

「知りません。わたしは、そんな話は一度も聞いたことないな」

板垣が震える指でスポーツバッグのファスナーを閉じた。

「情報を提供してくれたら、それなりの謝礼は差し上げます。それから、モデルガンをそっくり譲り受けましょう。そちらの希望価格は六十万でしたっけね？」

「もう買っていただかなくても結構です。さっきも言いましたが、わたし、ただのハンコ屋なんです。拳銃の密売組織とは、なんの関わりもありません」

「情報料、十万払いましょう」

多門は言った。

そのとき、板垣が大きなスポーツバッグを両腕で抱えて急に走りだした。怕《こわ》くなったのだろう。多門は追わなかった。

ほどなく板垣の姿は見えなくなった。

無駄骨を折ってしまった。多門は苦く笑って、煙草に火を点けた。

一服し終えたとき、懐《ふところ》でスマートフォンが震動した。京陽プラザホテルに入るとき、マナーモードに切り替えておいたのだ。

スマートフォンを耳に当てると、芝山の太い声が響いてきた。

「何か摑めたかい?」

「それが、まだ何も……」

「別に急《せ》かしたわけじゃねえんだ。組の若い者《もん》が、ちょいと気になる情報《ネタ》を仕入れてきたんだよ」

「どんな話なんです?」

「国内で盗《ギ》った高級車やRV車をロシアに転売してた中国人のグループが最近、バイヤーやブローカー抜きで、インターネットで盗難車を直《じか》に売りはじめてるらしいんだ」

「警察庁と財務省関税局が連携して、盗難車が海外に不正輸出されるのを水際《みずぎわ》で阻止しだしたんで、自動車窃盗団は商売のやり方を変えたんでしょう」

「だろうな。それまでは、奴ら、時価三百万を超える高級車をブローカーと組んで、ロシア、ニュージーランド、タイ、アフガニスタン、イギリスなんかの中古車市場に堂々と流してたからな」

「ええ。連中は車体番号を改ざんしたり、登録抹消証明書を偽造してから、ペーパーカンパニーを通じて通関業者に盗難車を持ち込んでたんです」

「そうらしいな。去年一年間に五千百台以上の車が国内でかっぱらわれたって話じゃねえか」

「ええ、約五千百台の車が盗難に遭《あ》ったはずです。車の窃盗で、去年は組関係者と外国人が二千五百人ほど逮捕《パク》られました」

「だから、中国人グループはインターネットで盗難車をダイレクトに販売する気になったんだろう」

「多分、そうなんでしょうね」

「で、おれは連中が拳銃《ドウグ》もネットオークションで売り捌《さば》いてるんじゃねえかと睨《にら》んだんだよ。クマ、ちょっと怪しげな中古車業者のことも調べてみてくれねえか」

「わかりました」

多門は電話を切ると、チコに連絡をした。スリーコールで、チコが電話口に出た。

「おれだ」

「クマさん、汚いわよ。あたしにギブだけさせて、何もテイクさせてくれないんだから」

「そう怒るなって。そのうち、何かで埋め合わせしてやるよ。それはそうと、また頼みてえことがあるんだ」

「その前に、あたしとナニするのが先でしょうが」

チコが不満を洩らした。

多門はチコをなだめ、新興の中古車業者をリストアップしてくれるよう頼んだ。そのうちチコは機嫌を直し、快諾《かいだく》してくれた。

多門は通話を打ち切ると、京陽プラザホテルに引き返した。

地下駐車場に降り、ボルボに乗り込む。ホテルの外に出たとき、スマートフォンが着信音を刻《きざ》んだ。

発信者は亜矢だった。

「クマさん、都丸の事件のことを知ってる?」

「都丸が何をやらかしたんだ?」

「池袋《いけぶくろ》のパチンコ景品所から現金七百数十万円を強奪して、逃走中にワゴン車に轢《ひ》かれちゃったの」

「で、都丸は死んだのか?」

「ううん、脚《あし》を骨折しただけみたいよ。だけど、駆けつけたお巡りさんに取り押さえられちゃったの。テレビのニュースで、そのことが報じられたのよ」

「ツイてねえ奴だ。都丸は足を洗って、やり直す気だったらしいんだよ。けど、小指の先っぽがねえし、刺青《スミ》も入れてるしな。そんなことで、なかなか働き口が見つからなかったようなんだ。それで野郎は付け指と刺青《いれずみ》を消す費用が欲しくって、亜矢ちゃんに少しまとまった金を借りるつもりだったらしいんだよ」

「そうだったの」

「都丸にゃ、出世払いで必要な銭《ぜに》を貸してやると言ったんだよ。なのに、あいつ、ばかなことをやりやがって」

「彼はクマさんに迷惑かけたくなかったんでしょうね。それだから、自分でなんとかお金を工面《くめん》しようとしたにちがいないわ」

「そうだったんだろうが、愚《おろ》かな男だ。昔、あいつはおれの弟分だったんだから、妙な遠慮なんかすることなかったのに」

「わたし、都丸を少し見直したわ。彼だって、男稼業を張ってたんだから、少しは意地を見せなきゃね」

「それはそうだが、押し込み強盗をやっても意地を見せたことにはならない」

多門は言った。

「ええ、そうね。力仕事でも何でもやって、自分で手術費を都合つけるべきだったと思うわ」

「都丸は体格《ガタイ》がいいほうじゃねえから、重労働には耐えられないな。自分でそのことがわかってたから、奴は危《ヤバ》い勝負に出たんだろう」

「そうなのかしら？」

「亜矢ちゃん、わざわざ教えてくれてサンキュー！　そのうち都丸に何か差し入れてやるよ」

「善人なのね、クマさんは。都丸は昔の舎弟のひとりに過ぎないんだから、そこまで気にかけてやることもないと思うけど」

「しかし、都丸とは何かの縁があったんだろう。奴もおれも田上組に足《ゲソ》つけたわけだからさ」

「クマさんって、素敵だな。わたしね、デートガールをやってるとき、クマさんのことを密かに想《おも》ってたのよ。いまだから、告白しちゃうけど」

「亜矢ちゃん、なんで言ってくれなかったんだよ？　おれは鈍い男だから、相手の仕種《しぐさ》とか言葉の裏側に秘められてる気持ちなんか読み取れない。好きだってストレートに言ってくれねえとな」

「何度も言おうと思ったのよ。だけど、胸の想いは口には出せなかったわ」

「なんで？」

「自分の体が穢《けが》れてると思ってたからよ。だって、あのころは多くの男性とお金で寝てたんだし」

「そんなことで引け目を感じる必要はないよ。亜矢ちゃんも含めてデートガールをやってた女の子はそれぞれ事情があって、まとまった金を工面したかったんだろう。おれが女で同じ立場だったら、似たようなことをしてたと思うよ」

「優しすぎるわ、クマさんは。わたし、泣きそうになっちゃう」

「人妻に泣かれちゃ、ちょっとまずいな。旦那に誤解されるかもしれねえじゃねえか」

「クマさんったら……」

「何か困ったことがあったら、いつでも遠慮なく相談してくれ。どんなことでも力になるよ。ただ、旦那に飽《あ》きちゃったから、殺してくれなんて相談は勘弁してくれよな。それじゃ、いつかまた！」

多門は軽口をたたいて、電話を切った。

ボルボを甲州《こうしゅう》街道に乗り入れたが、行く当てはなかった。動きたくても、動きようがない。

とりあえず、次のメールを待ってみるか。多門は車を四谷《よつや》まで走らせ、幾度か入ったことのあるレストランで夕食を摂《と》ることにした。

生ビールとフィレステーキをオーダーし、ゆったりと紫煙をくゆらせた。ほどなく生ビールが届けられた。

ビールを傾けはじめると、女友達の中里亜弓《なかざとあゆみ》から電話がかかってきた。二十七歳の亜弓は、腕のいいエステティシャンである。大手エステティックサロンに勤めていた。

「今夜にでも、亜弓ちゃんに電話しようと思ってたんだ」

「ほんとかなあ。どこかで、ほかの彼女とよろしくやってたんじゃない？」

「おれは、そんなに不誠実な男じゃないよ。寝ても醒《さ》めても、亜弓ちゃんのことで頭が一杯なんだ。首ったけなんだよ。ほかの女なんか見向きする気にもなれない。たとえ相手が素っ裸でおれに迫ってきても、絶対に抱いたりしないよ。それほど亜弓ちゃんに惚れてるんだ」

「そんなふうに言われちゃうと、なんだか切り出しにくいな」

「亜弓ちゃん、まさか好きな野郎ができたんじゃないよな？」

多門は早口で訊いた。

「クマさん、怒らないで聞いて。四週間前に会社のＣＦ《コマーシャルフィルム》を撮《と》ったのね。そのとき、撮影に立ち会ったの。撮影現場に現われたＣＭ監督は中学時代の先輩で、わたしがずっと憧《あこが》れてた男性《ひと》だったのよ。二つ年上なんだけど、すでに大人の風格を漂わせてて、すっごくカッコよかったの」

「で、亜弓ちゃんはそいつに熱を上げちまったのか。ショックだな」

「ごめんなさい。クマさんを裏切るつもりはなかったんだけど、打ち上げでワインを飲み過ぎたせいか、なんか魔法にかけられたみたいに彼の誘いにあっさり乗っちゃって……」

「ホテルに行ったのか？」

「ううん、彼のマンションに泊まってしまったの。彼のほうも、ずっとわたしに気があったんだって。それでね、結婚を前提につき合ってほしいって言われたのよ」

「で、亜弓ちゃんはオーケーしたってわけか」

「わたし、悩んだのよ。いまでもクマさんのことは大好きだし、頼りにもしてたから。でも、クマさんは結婚には消極的よね。わたし自身も結婚なんかしなくてもいいと考えてたんだけど、先輩と男と女の関係になったら、急に彼の子供を産《う》みたいと……」

　亜弓が済まなそうに言った。

「辛《つれ》えな。けど、亜弓ちゃんがそういう結論を出したんだったら、おれは男らしく負けを認めるよ。亜弓ちゃんとは心も体も、相性《あいしょう》はぴったりだったのにな」

「クマさんを傷つけるつもりはなかったのよ。だけど、彼にぐいぐい惹《ひ》かれちゃって……」

「おれのことは心配しなくてもいいよ。そのうち、きっと立ち直れるだろう。それより、彼と結婚することになったら、連絡してくれねえか。何かお祝いするよ」

「クマさんから結婚祝いなんて貰えない。そんなことされたら、わたし……」

「そうか。亜弓ちゃんをずっと苦しめることになっちまうよな。わかったよ。おれは何もプレゼントしないことにする。その代わり、亜弓ちゃんが幸せになれるよう祈りつづけるよ」

「クマさん……」

「そんな湿っぽい声を出すなって。新しい門出《かどで》じゃねえか。笑って別れよう。おれのスマホのナンバー、すぐに消去したほうがいいぜ。それじゃ、元気でな!」

多門は電話を切って、生ビールを呷《あお》った。いつになくビールは苦かった。

最上級のフィレステーキだった。

だが、食べ切れなかった。多門はナイフとフォークを置き、ナプキンで口許を拭《ぬぐ》った。

脳裏には、亜弓の残像がこびりついていた。なぜだか、彼女の長所ばかりが思い出された。亜弓は美人で、気立てがよかった。ベッドテクニックも抜群だった。

もう彼女を抱けないのか。多門は悄然《しょうぜん》とロングピースに火を点けた。

亜弓には、たっぷり未練があった。しかし、自分には彼女を縛《しば》りつけておく資格はない。青い鳥を求めて旅立とうとしている女友達を気持ちよく見送るべきだろう。

多門は頭を振って、亜弓の残像を消した。

一服し終えたとき、スマートフォンにメールが届いた。多門はディスプレイの通信文を読んだ。

金属製モデルガンを売りたいというメールだった。メールアドレスも明記されている。

多門はチコに教わった通りの手順でメールを送ってみた。品物を直《じか》に見たいという内容だった。ついでに、スマートフォンのナンバーも教えた。

3

多門はレジで勘定を払って、レストランを出た。ボルボに乗り込んだとき、メール相手が電話をかけてきた。若い男の声だった。

「いま四谷にいるんだが、これから昔のモデルガンを見せてもらえないだろうか」

「いいですよ。それじゃ、午後八時にアメヤ横丁の入口の所で落ち合いましょう。上野《うえの》駅側の入口でね」

「おたくの名前は？」

「村岡《むらおか》です。こちらから声をかけますので、そちらの背恰好《せかっこう》なんかを教えてください」

「図体《ずうたい》はでかいんだ。約二メートルある」

「そんなに上背《タッパ》があるんだったら、すぐにわかるでしょう」

「多分ね。それじゃ、後《のち》ほど！」

多門は電話を切り、車を走らせはじめた。

都心の道路は渋滞気味だったが、七時四十分過ぎには上野に着いた。ボルボをABABUENO《アブアブ》の裏通りに駐《と》め、アメヤ横丁に足を向けた。

アメ横として親しまれている商店街はJRの高架沿いにあり、鮮魚店、海産物店、輸入菓子店、肉屋、衣料品店、輸入雑貨店などが軒《のき》を連《つら》ねている。五階建てのアメ横センタービルを含めて、約四百の店舗がある。

アメ横の語源は二つあると言われている。終戦後の闇市時代に芋飴《いもあめ》屋が多かったからという説とアメリカ軍の放出品を売る店が目立ったからという説である。

それはともかく、アメ横は食品から化粧品まで扱う安売りの商店街として知られている。小さな店は一坪そこそこのスペースしかない。

多門は人波を縫《ぬ》いながら、アメ横を通り抜けた。入口付近にたたずみ、煙草を吹かしはじめた。

それから間もなく、二十二、三歳の男がゆっくりと近づいてきた。プリントTシャツの上にデニムの長袖シャツを羽織《はお》っている。下はベージュのチノクロスパンツだった。

身長は百七十センチ前後だろう。茶髪《ちゃぱつ》だ。村岡と名乗った男だろう。

多門は喫《す》いさしの煙草を足許に落とし、火を踏み消した。そのとき、茶髪の男が人待ち顔を装って、多門の横に立った。

「すぐにわかりましたよ。レスラー顔負けの体格《ガタイ》ですね」

「何も持ってないようだが……」

「持ってますよ、ちゃんとね」

「どこに持ってるんだ？」

多門は訊いた。村岡がにっと笑い、デニムシャツの上から腰のあたりを軽く押さえた。

「モデルガンじゃないのか？」

「ベルトの下に差し込んであるのはトカレフです。といっても、中国でパテント生産されたノーリンコ54ですけどね」

「冗談なんだろ？」

「いいえ、マジな話ですよ。どうせなら、本物のピストルを買いませんか？」

「見せてくれ」

多門は言った。村岡が黙ってうなずき、急に歩きだした。多門は後を追った。

村岡が暗がりで立ち止まり、無造作に腰の後ろから拳銃を引き抜いた。多門は、村岡の掌《てのひら》に寝かされた拳銃に目をやった。銃把《グリップ》の部分に星の刻印がある。銃身の長さや特徴のある引き金の形から、ノーリンコ54と察せられた。

「いくらなんだ？」

「親だけじゃ、売れないんですよね。七・六二ミリ弾を三十発付けて、親子の値段は三十五万円です。こいつはサンプルですので、弾倉は空です」

村岡が言って、素早くノーリンコ54を腰に戻した。

「値段的には高いとは思えないが、ノーリンコ54じゃなぁ」

「リボルバーがいいんですか？」

「そうだな。それも、あまり出回ってないリボルバーがいいね。たとえば、ブラジル製のロッシーとかさ」

「ロッシーも扱ってますよ。八発付きで二十万円です」

「安いな。ほかの型《タイプ》は？」

「いま扱ってるのは、中国製トカレフのノーリンコ54とロッシーだけですね」

「品物を扱ってるのは組関係なんだろ？」

「いいえ、ヤー公はひとりも絡《から》んでません。おれたちは全員、堅気ですよ。だから、後でトラブルになるようなことは絶対に起こりません」

「それなら、ちょっと現物を見てみたいな。品物は、この近くに保管されてるんだろ？」

多門は訊いた。

「ええ、まあ」

「そこに連れてってくれないか」

「少し待ってもらえます？　先方の都合を訊いてみますので」

村岡が四、五メートル離れ、どこかに電話をかけた。

江波戸は、この男からロッシーを買ったのかもしれない。

多門は村岡の背中に視線を当てながら、そう思った。すぐにも村岡を締め上げて口を割らせたかったが、その衝動をぐっと抑《おさ》えた。

少し経つと、村岡が通話を切り上げた。

「オーケーです。ロッシーのある所にご案内します」

「歩いていける場所なのか？」

「Uロードにあるペルシャ料理の店ですから、すぐ近くですよ」

「ペルシャ料理の店に拳銃を隠してあるのか⁉」

「そうです。オーナーシェフのミルマジットというイラン人が日本人の堅気だけにノーリンコ54やロッシーをこっそり売ってます。おれはミルマジットさんに頼まれて、アルバイトで案内役をやってるんですよ。役者志望なんですけど、とても喰えないんでね」

「そう。行こうか」

多門は促《うなが》した。村岡が歩きはじめた。

二人はアメ横の通りを御徒町《おかちまち》方向に歩き、Uロードに入った。村岡は数十メートル先の雑居ビルの地下一階にある小さなペルシャ料理の店のドアを押した。

店内には、どこか哀愁を帯びた旋律が流れていた。ペルシャのポピュラーソングだろう。

テーブルが五卓あるが、客の姿はなかった。正面が厨房《ちゅうぼう》になっていた。イラン人と思われる三十三、四歳の男がシンクに向かっていた。白いコック服は、かなり汚れている。

「ミルマジットさん、お客さんだよ」

村岡が彫《ほ》りの深い外国人に声をかけた。コック服を着た男がにこやかに笑い、厨房から出てきた。それほど背は高くない。だが、筋肉が発達していた。

「それじゃ、おれはこれで……」

村岡が男に言い、すぐに店から消えた。多門は男に目礼した。

「わたし、ミルマジットね。イラン人よ」

男が訛《なまり》のある日本語で言い、右手を差し出した。多門は握手をしながら、ミルマジットに話しかけた。

「早速だが、ロッシーを見せてほしいんだ」

「オーケー。その前に、わたし、ちょっと確かめたいことあるね。あなた、サラリーマンに見えないよ。仕事、何してるの？　やくざは駄目ね」

ミルマジットが立てた指を横に大きく振った。

「人相が悪いんで暴力団関係者に見られたりするが、おれは堅気だよ」

「あなた、どんな仕事をしてる？　わたし、それ、知りたい」

「小さな会社を経営してるんだ」

多門は出まかせを口にした。

「あなた、社長さん？」

「社長は兄貴で、おれは専務なんだ。といっても、社員十数人の同族会社なんだがね」

「同族会社？　それ、わたし、わからない」

「家族《ファミリー》でやってる会社のことだよ。それより、早く品物を拝ませてほしいな」

「オーケー、オーケー！　あなた、ここで待ってて」

ミルマジットは多門に椅子に坐れと目顔《めがお》で告げ、厨房の奥にある小部屋に消えた。店内には、ミルマジットしかいないようだ。その気になれば、イラン人のオーナーシェフを痛めつけることはできる。しかし、ミルマジットがボスとは思えない。誰か黒幕がいるのだろう。

多門は椅子に腰かけて、ぼんやりと店内を眺めた。ペルシャ語で書かれたメニューが壁に貼ってあったが、まるで読めなかった。

待つほどもなくミルマジットが戻ってきた。油紙にくるまれた包みと弾薬箱を手にしていた。ミルマジットは多門の正面に坐ると、まず油紙を解《と》いた。光沢のあるリボルバーが露《あらわ》になった。

「これ、ロッシーね。ブラジルで製造された本物よ」

「持たせてもらってもいいかな？」

「いいよ。弾《たま》はシリンダーに一発も入ってないから、わたし、ちっとも怖くないね」

「それじゃ、ちょっと見せてもらおう」

多門はロッシーを摑み上げた。銃把の両側には、狐色《きつねいろ》の合板《ごうはん》が嵌《は》め込まれている。

リボルバーを握り、弾倉止め《シリンダー・ストップ》のラッチを押す。

手首にスナップを利《き》かせると、蓮根《れんこん》の輪切りに似た輪胴《シリンダー》が左横に振り出された。弾倉には傷ひとつない。

「新品ね。それに、弾を八発付けて二十万円でいい。高くないでしょ？」

「そうだな。しかし、困ったな」

「問題、なに？」

「こいつを買いたいんだが、あいにく持ち合わせの金が十万ちょっとしかないんだ」

「そんなに安く売れない。無理ね」

ミルマジットが顔をしかめた。

「プライスを下げてくれってわけじゃないんだよ。いったん外に出て、コンビニのＡＴ

Mで金を引き出したいんだ」

「いいよ。わたし、あなたを待つ。だけど、あなたがここに戻ってくるかどうか、わからないね。わたし、それが心配……」

「おれが警察にでも駆け込んで、この店で拳銃を密売してると密告するとでも思ってるんだな。おれは、そんなことしない。警察とは相性《あいしょう》がよくないんだ」

「わたし、あなたのこと、信用したいよ。でも、やっぱり不安ね」

「どうすりゃいい？」

「いま持ってるお金、わたしに預けて。残りのお金持ってきたら、この拳銃と弾、あなたに渡すよ」

「それじゃ、今度はこっちが不安になる。そっちがおれの金なんか預からなかったって空とぼけたら、こっちは取られ損になるからな」

「イラン人、他人《ひと》を騙《だま》したりしない。わたしを信じて。約束、破らないね」

「そう言われてもな」

「預かるお金、一万円でもいい。そうじゃないと、わたしも困るよ。このビジネス、法律違反ね。警察に捕まったら、わたし、イランに強制送還される。それ、嬉しくない。わたし、ずっと日本にいたいよ。イラン、あまり仕事ない。お酒も駄目ね。女の子とメイクラブもできない。いいこと、何もないよ」

「わかった。それじゃ、一万円だけ預けよう。それで、足りない金を引き出したら、この店に戻ってくる」

「オーケー、オーケーね。お金出して」

「ああ」

多門はスラックスのポケットの中から万札を一枚だけ抜き出し、ミルマジットに渡した。

「お店、いつも十時に閉めてる。わたし、あまり料理うまくない。だから、お客さん、あまり来ないね。たまにイラン人の友達が来てくれるだけ」

「それじゃ、サイドビジネスでもやらなきゃ、喰えないよな？」

「そう、そうね。あなた、よくわかってる」

ミルマジットが微苦笑して、椅子から腰を浮かせた。

多門は立ち上がり、表に出た。ボルボを駐《と》めてある裏通りに急ぐ。

さりげなく振り返り、尾行者の有無《うむ》を確かめた。誰にも尾《つ》けられていなかった。

ボルボに乗り込み、ミルマジットの店の近くまで移動させた。すぐにヘッドライトを消し、張り込みはじめた。

十五分ほど過ぎたころ、日本人の若いカップルが地下一階のペルシャ料理の店に入っていった。

しかし、二人はほんの数分で外に出てきた。客が誰もいないことを知り、なんとなく不安な気持ちになったのだろう。さらに数十分が経過したとき、イラン人と思われる三人の男がミルマジットの店に入っていった。男たちが外に出てきたのは九時四十五分ごろだった。

三人は母国語で何か喋りながら、上野駅の方に歩み去った。

ミルマジットが姿を見せたのは十時十分ごろだった。雑居ビルの脇に置いてある自転車に打ち跨《また》がり、ペダルを漕ぎはじめた。

多門は低速でミルマジットを追尾《ついび》した。

ミルマジットは裏通りをたどって、春日《かすが》通りに出た。JR御徒町駅の前を通り、昭和通りを突っ切った。そのまま直進し、台東《たいとう》四丁目と東上野《ひがしうえの》一丁目の間にある交差点を右に曲がり、二つ目の脇道を左に折れた。

ミルマジットがサドルから尻《しり》を離したのは、四階建ての細長いマンションの前だった。

多門は車をマンションの数十メートル手前に停め、静かに外に出た。ちょうどそのとき、ミルマジットがマンションの中に入っていった。

多門は爪先《つまさき》に重心を掛けながら、細長いマンションの表玄関まで走った。エントランスロビーにイラン人の姿はなかった。

階段を上がる足音が響いてくる。マンションには、エレベーターはなかった。

多門は耳に神経を集めた。

足音は二階のどこかで熄《や》んだ。多門は集合郵便受けに目をやった。二〇三号室のメールボックスに、金釘流《かなくぎりゅう》でミルマジットと書かれた名札が掲《かか》げられている。片仮名だった。

多門は車に戻り、煙草を二本喫《す》った。それから彼はグローブボックスの蓋《ふた》を開け、布手袋と特殊万能鍵を取り出した。

多門はそっとボルボを降り、細長いマンションに向かった。足音を殺しながら、二階に上がる。

歩廊《ほろう》に人影はなかった。

多門は布手袋を嵌め、特殊万能鍵でドア・ロックを解除した。玄関ドアを静かに引くと、部屋の奥から女の喘《あえ》ぎ声が響いてきた。ベッドの軋《きし》み音もする。どうやらミルマジットは情事に耽《ふけ》っているらしい。

多門は土足で奥に向かった。

間取りは1LDKである。寝室のドアは半開きだった。

多門は寝室を覗き込んだ。電灯が煌々《こうこう》と点いている。ダブルベッドの上には、全裸の男女の姿があった。

ミルマジットは、仰向けになったヒスパニック系のグラマラスな女の股の間にうずくまり、口唇愛撫に熱中していた。二十四、五歳の女は淫蕩《いんとう》な呻き声をあげながら、豊満な乳房を自分で揉んでいる。

髪は金髪に染められているが、濃い繁みは真っ黒だった。女はコロンビア人かもしれない。不法滞在のイラン人男性は、コロンビア人娼婦のヒモ兼用心棒になるケースが少なくなかった。ミルマジットはベッドパートナーと同棲しているのか。寝室の壁際には、白いドレッサーやチェストが並んでいた。

多門は寝室のドアをいっぱいに押し開けた。

その音で、ミルマジットが顔を上げた。裸の女が驚きの声をあげた。

「二人とも大声を出さねえほうがいいぜ」

多門は言った。ミルマジットがタオルケットを腰に巻きつけながら、多門に問いかけてきた。

「あなた、なぜ、ここにいる⁉　どうやって、この部屋に入った？」

「おれは万能鍵を持ってるんだよ」

「出ていけ。そうしないと、わたし、おまえを撃ち殺す。預かったお金も返さない」

「寝室に拳銃があるらしいな」

多門はダブルベッドに接近した。

ミルマジットがベッドマットの下を手探りした。多門はミルマジットを思うさま突き飛ばした。ミルマジットが床に転げ落ち、長く唸《うな》った。腰を強く撲《う》ったようだ。

多門はベッドの向こう側に回り込み、ベッドマットの下からノーリンコ54を引き抜いた。撃鉄《げきてつ》はハーフコックになっていた。

多門は撃鉄《ハンマー》をいっぱいに起こし、銃口をミルマジットに向けた。

「わたしの男、撃たないで。それ、嬉しいことね」

女が毛布で裸身を覆《おお》い隠し、たどたどしい日本語で言った。

「あんた、コロンビア人か？」

「そう。名前、マルガリータね。あなた、お金欲しい？　だったら、あげるよ」

「おれは別に金にゃ困ってない」

多門は苦く笑った。

すると、マルガリータが急にベッドから滑《すべ》り降りた。多門の前にひざまずき、チノクロスパンツのファスナーに手を掛けた。

「何をする気なんだ⁉」

「わたし、ミルマジットの彼女ね。だから、あなたとセックスはできない。だけど、オーラルセックスだけなら……」

「あんたにおかしなことをする気はない。ミルマジットに訊きたいことがあるだけなんだ」

「それ、ほんと？　お金も女も欲しくない？」

「ああ。そっちはベッドでおとなしくしててくれればいい。おっかない思いをさせて、悪かったな」

多門は穏《おだ》やかに言った。

マルガリータが安堵《あんど》した表情になり、寝具の中に潜《もぐ》り込んだ。そのとき、ミルマジットが震え声で問いかけてきた。

「あなた、何知りたい？　わたし、なんでも話すよ。この世で命が一番大切ね」

「まず最初の質問だ。江波戸って日本人にロッシーを売ったことがあるんじゃねえか？」

「わたし、そういう名前の日本人知らない。嘘じゃないよ」

「そっちが正直者かどうか、ちょっと体に訊いてみよう」

多門はミルマジットの前に片膝を落とし、銃口を眉間《みけん》に押し当てた。ミルマジットが目を剝《む》き、わなわなと震えはじめた。

「わたし、本当に江波戸という男、知らないよ。ロッシーも売ってないね」

「そうかい」

多門は引き金の遊びを絞り込んだ。ミルマジットが尻《しり》を使って、すぐに後退した。多門は前に踏み出し、銃口をミルマジットの心臓部に突きつけた。

次の瞬間、ミルマジットが泣きはじめた。ペルシャ語で何か訴えながら、何度も頭を下げた。そのうち、ミルマジットは小便を漏《も》らしはじめた。恐怖には克《か》てなかったのだ。

芝居で小便は垂らせない。この男は、嘘はついていないようだ。

多門は二メートルほど退《さ》がった。マルガリータがベッドから降り、ティッシュペーパーで床を拭きはじめた。

「店に拳銃は何挺あるんだ？」

「ノーリンコ54が七挺、ロッシーが五挺ね」

ミルマジットが涙声で答えた。ひどく声は聞き取りにくかった。

「そっちが拳銃密売グループの元締めじゃねえな？」

「元締め？　その日本語、わからない」

「おまえがボスじゃねえんだろって言ったんだ」

「わたし、ボスじゃない。知り合いのコロンビア人と上海《シャンハイ》出身の中国人に拳銃を売ってくれって頼まれただけ。それ、ほんとよ」

「その二人の名を言え」

「パブロと李《リー》ね。コロンビア人がパブロ、千葉県の柏《かしわ》に住んでる。でも、住んでる家、わからない。パブロ、いつもわたしに電話してくるね。わたし、パブロの電話番号知らない」

「李《リー》は上海マフィアの一員なんだな？」

「よくわからない。李《リー》は大久保《おおくぼ》のどこかにいるね。でも、わたし、李《リー》のアパートに行ったことないよ。連絡先も教えてくれない。パブロと同じね。李《リー》も向こうから電話してきたり、お店に訪ねてくる。拳銃売れると、わたし、テンパーセントのお礼貰えるね。二人の手伝いしてるだけ」

「そうかい。邪魔したな。この拳銃は貰っとくぜ」

「それ、困るよ。わたし、李《リー》に弁償させられるね。返して！」

「一万円で買ったことにするか。あばよ」

多門はゆっくりと後退し、小便臭《くさ》い寝室を出た。

4

声が嗄《しゃが》れてきた。

多門は自宅マンションで、インターネット接続業者や検索サービス会社に電話をかけまくっていた。総会屋だと名乗り、各社に拳銃密売組織の片棒を担《かつ》いでいるのではないかと揺さぶりをかけてみたのである。

しかし、どこもまともには取り合ってくれなかった。狼狽《ろうばい》するどころか、一笑に付されてしまった。

せっかくチコにリストアップしてもらったのに、無駄になってしまった。

多門はスマートフォンをサイドテーブルの上に置き、特大なベッドに大の字になった。

そのとき、脈絡もなく前夜痛めつけたミルマジットのことが頭に浮かんだ。ミルマジットに拳銃の小売りを委託したというパブロと李《リー》を追うべきなのか。

どちらかがネットオークションを使って、拳銃を密売している可能性はないとは言い切れない。江波戸はパブロというコロンビア人からブラジル製のリボルバーを買ったのだろうか。

柏市に出向いて、パブロを捜すべきか。しかし、パブロがネットオークションでロッシーを売り捌《さば》いているとしたら、わざわざミルマジットに拳銃の小売りを依頼することはないだろう。

パブロは無関係のようだ。

多門は跳《は》ね起き、インターネットオークション入門書を手に取った。巻末にオークションサイトの一覧表が載《の》っていたことを思い出したからだ。

多門は個人間売買の項目を見た。ヤフオク！、ラクマなど主なサイトが紹介されていた。

多門はベッドに腰かけ、また片っ端からオークションサイトに電話をかけた。さきほどと同じ手を使って、相手の反応を探る。しかし、うろたえるスタッフはいはなかった。

また徒労に終わった。

多門は肩を落とした。あと数分で、正午になる。外で昼食を摂《と》る気になったとき、チコから電話がかかってきた。

「この一年間に開設された中古車販売関係のオークションサイトをすべてチェックしてみたんだけど、組関係者や中国人の関わってるとこはなかったわよ」

「そういう連中が表面に出るわけねえさ。堅気の日本人をダミーにしてるに違《ちげ》えねえ」

「あたしだって、そのぐらいのことはわかるわよ。だから、サイトの関係者の交友関係まで一応調べてみたの。でも、誰も裏社会の人間とは繋がりがないみたいだったわ」

「そうか」

「クマさんのほうは何か摑めたの？」

「いや、これといった手がかりはなしだよ。ちょっと前進できそうだったんだけどな」

　多門は前夜のことを手短に話した。

「パブロと李《リー》の二人は、シロと考えてもいいんじゃない？」

「そうだな」

「クマさん、うまくやったじゃないの。たったの一万円でノーリンコ54を手に入れたんだから。ね、弾倉《マガジン》に何発入ってたの？」

「五発だ」

「そう。まだクマさんの手許にあるのね？」

「ああ。チコ、なんで拳銃が欲しいんだ？」

「あたしたちニューハーフってさ、はぐれ者よね。だから、常識だけで生きてる連中には目障《ざわ》りな存在らしいの。いつもってわけじゃないけど、仕事の帰りに酔った男たちに因縁《いんねん》をつけられたりする。そんなとき、ピストルをハンドバッグの中に忍ばせてたら、なんか心強いでしょ？」

「ま、そうだろうな」

「クマさん、ノーリンコ54を十万ぐらいで売ってくれない？」

「欲しけりゃ、おめえにやるよ」

「ほんとに⁉」

チコが声を弾ませた。

「ああ、只《ただ》でくれてやらあ」

「やった！　それじゃ、これから代官山に行くわ」

「チコ、おれは忙しいんだ。ノーリンコ54は今度会うときにでも渡してやるよ。それじゃ、またな」

多門は一方的に電話を切り、部屋を出た。

マンションの並びにある鰻屋《うなぎや》に入り、鰻重を二人前平らげた。思いなしか、血の巡《めぐ》りがよくなり、全身の筋肉が火照《ほて》ってきた感じがする。そのうち、下腹部《はら》も熱を孕みそうだ。

多門は鰻屋を出ると、近くのコンビニエンスストアに立ち寄った。ボディーソープ、剃刀《かみそり》の替え刃、トイレットペーパーなどを買う。

日用雑貨品を求めるときは、きまって気恥ずかしくなる。大男がコンビニやスーパーのビニール袋を提《さ》げて歩くのは、なんとも不恰好《ぶかっこう》だ。そのうち買物代行会社に頼むか。

多門はうつむき加減に自分の部屋に戻った。

杉浦から電話がかかってきたのは、午後二時近い時刻だった。

「江波戸の事件《ヤマ》の捜査は足踏み状態らしいが、ちょいと気になる情報《ネタ》を入手したぜ」

「どんな話？」

「クマ、大槻玲《おおつきれい》って名に聞き覚えはねえか？」

「どっかで聞いたような名前だが、誰だったたっけな」

「大槻はベンチャービジネスの革命児とひところ持てはやされた若手の起業家だよ。携帯電話の格安販売で会社を急成長させ、その後、ショッピングモール広告会社も興《おこ》した男さ。確か四十一、二歳だが、数年前まで奴の活躍ぶりが派手にマスコミに取り上げられてた」

「杉さん、思い出したよ。そいつは、ピンクのロールスロイスを乗り回してた男だよな。おれ、テレビで大槻の派手な生活ぶりを観《み》た記憶があるよ」

「そうかい。大槻は自分の会社が東証《とうしょう》のマザーズに上場《じょうじょう》されたころ、旧華族の豪邸を即金で買って話題になったんだ」

「そういえば、そんなことがあったな」

「羽振りのよかった大槻は新規事業に次々に乗り出したんだが、ことごとく失敗しちまった。それで千五百億円近い負債を抱え込んで、グループ企業の経営権をすべて失っちまったんだ。いまは、ネットオークション会社を細々とやってるらしい」

「その会社の名は？」

多門は訊いた。

「『宝物オークション』だよ。サイトにアクセスして落札すると、会社から確認の電話がかかってくるらしいんだよ」

「そのとき、落札者に拳銃の密売話を持ちかけてやがるのかな」

「クマ、少し冷静になれや。そこまでやってるかどうかわからねえが、桜田門《さくらだもん》の公安刑事が一年ぐらい前から大槻玲をマークしてるって噂を小耳に挟んだんだ。おれは、そのことが妙に気になってな」

「杉さん、大槻は事業に失敗したんで、自棄《やけ》を起こして何かアナーキーなことをやらかそうとしてるんじゃねえの？」

「そのあたりは読みにくいが、本庁の公安が動いてるって話だから、何か大槻は企《たくら》んでるのかもしれないぞ」

「公安の何課が動いてるんだって？」

「一課の刑事が張りついてるらしい。公安一課は主に学生運動や過激派捜査を担当してるんだ」

「確か、そうだったよな。府中に服役してるとき、受刑者たちが警察機構のことをいろいろ教えてくれたんだ。杉さん、公安一課しか動いてないの？」

「いまんとこは、そうみたいだな。しかし、大槻をマークしてる公安刑事たちは外事二課にちょくちょく出入りしてるようだ」

「外事二課は、アジア人関係の犯罪捜査やスパイ活動の防止がメインの仕事だったたっけ？」

「クマ、記憶力がいいじゃねえか。その通りだよ」

「大槻は中国か北朝鮮あたりのスパイに成り下がっちまったんだろうか」

「大学生のころから金儲けしか考えてこなかった男がスパイを志願するとは思えねえな。大槻がアジア系外国人と接触してるとすりゃ、何か非合法なビジネスのためだろう」

「となると、大槻は『宝物オークション』を隠れ蓑《みの》にして、拳銃の密売をしてるんじゃねえのかな」

「クマ、そうせっかちになるなって。それからな、これは週刊誌で読んだんだが、大槻は二年前に妻と別れてるんだ」

「そうだったっけ？」

「ああ、間違いねえよ。記事によると、大槻がゲイバーやニューハーフクラブで夜ごと遊んでることに女房が腹を立てて、別れ話を切り出したみてえだな」

「大槻は両刀遣い《バイセクシュアル》だったのか」

「そのあたりのことをチコに訊いてみなよ。大槻の線から何かわかるといいがな」

杉浦が先に電話を切った。多門はいったん通話を切り上げ、チコのスマートフォンを鳴らした。スリーコールで、電話は繋《つな》がった。

「おれだよ」

「クマさん、ノーリンコ54を持ってきてくれる気になったのね。ありがとう。美容院に早目に行こうかなって思ってたんだけど、あたし、部屋で待ってるわ」

「粗忽者《そこつもの》だな、おめえは」

「あら、違うの!?　なあんだ、がっかりだわ」

「チコ、かつてベンチャービジネスの革命児なんて謳《うた》われてた大槻玲って野郎を知ってるか？」

「よく知ってるわ。絶頂期には、よく『孔雀』に遊びに来てくれたもの」

「そいつは好都合だ。チコ、大槻にちょっと接近してみてくれねえか」

「出し抜けに何なの？」

チコが呆《あき》れたような口調で言った。多門は経緯《いきさつ》を話した。

「そういえば、彼、いまは尾羽《おは》打ち枯らしてるのよね」

「チコ、大槻は二刀流だったんだろ？」

「ええ、バイセクシュアルだったわね。といっても、普通のゲイのお兄ちゃんたちにはそれほど興味はなかったみたい。もっぱら女の体になったニューハーフに関心を示したわね。実はあたしも、大槻に口説《くど》かれたことがあるの」

「そうなのか」

「彼ったら、あたしの胸の谷間に分厚く膨らんだ長札入れを突っ込んで、『きみの素顔《スッピン》を見たいな』なんて耳許で囁《ささや》いたの。あたし、そういう口説き方はダサいと思ってるから、肘鉄《ひじてつ》を喰わせてやった」

「それじゃ、大槻とはまだ寝てねえんだ？」

「ああいう男とは一生、メイクラブする気なんかないわ」

「チコ、少し大人になれや。多少は脈がある素振りを見せて、大槻の動きを探ってくれねえか」

「あたし、気が進まないなあ」

チコが言葉に節《ふし》をつけた。

「おめえ、ノーリンコ54欲しいんだろ？」

「クマさん、ちょっと汚いんじゃない？　中国製トカレフは只《ただ》でくれるって話だったでしょうが！」

「おれ、そんな約束したっけ？」

「嫌いよ、クマさんなんて」

「むくれんなよ。ノーリンコ54はチコにやるから、大槻玲が何をやってんのか、それとなく探ってみてくれや」

「どうしても、あたしの力を借りたい？」

「ああ」

「だったら、あたしを愛してるって百遍《ひゃっぺん》言って」

「ガキみてえなことを言うんじゃねえよ」

「いまに必ずクマさんをあたしになびかせてやるからね」

「それより、どうなんだ？　チコ、協力してくれるのかよ」

「あたしがクマさんの頼みを一度だって断ったことがあった？」

「ありがとよ、チコ！　それじゃ、うまく大槻に接近してくれ」

多門は、そそくさと通話を切り上げた。チコは気持ちが変わりやすい。とことん機嫌を損《そこ》ねたら、協力はしてもらえないだろう。

多門はひと安心して、ロングピースに火を点けた。煙草を喫《す》い終えた直後、女友達の木沢朋美から電話がかかってきた。

「クマさん、わたし、悔しくって」

「またマンション業者に仕事を回してやるから、愛人になれって迫られたんだな？」

「ううん、そうじゃないの。一昨日《おととい》、友達と御殿場《ごてんば》の巨大アウトレットモールに出かけて、ブランド物のバッグとか時計なんかをまとめ買いしたのね。一年前の商品だったり、ちょっとした傷や色褪《いろあ》せなんかがあるんで、とにかく安かったの。でもね、プラダのハンドバッグがコピー商品だったのよ」

「偽ブランド品を売りつけられたって⁉」

「そうなの。精巧な造りだったから、偽プラダとは思わなかったのよ。だけど、ブランド物の鑑定のプロに見せたら、コピーものだって言われちゃったの。正価七万四千円の商品が四万八千円で買えたんで、喜んでたのに。それでね、わたし、バッグを買ったお店に電話でクレームをつけたの。そうしたら、言いがかりをつけるなって怒鳴られてしまったのよ。当店では偽ブランド品なんか絶対に売ってないって」

「そりゃ、理不尽な話だな」

「わたしが女なんで、相手に舐められちゃったんでしょうね。でも、このままじゃ、なんだか癪《しゃく》だわ」

「だろうな。そのバッグは、どこにあるんだい？」

「駒沢のマンションにあるわ」

「朋美ちゃん、すぐに自宅に戻ってくれ。おれの車で一緒に御殿場に行こう」

「これから？」

「ああ。高速をぶっ飛ばせば、二時間はかからねえさ」

「わかったわ。タクシーで駒沢に戻ります」

「おれも、朋美ちゃんのマンションに向かうよ」

多門は電話を切ると、身支度に取りかかった。

第三章　巧妙な闇ビジネス

1

大井松田《おおいまつだ》ＩＣ《インターチェンジ》を通過した。

多門は、さらにアクセルペダルを深く踏んだ。背中がシートに吸いつく。

東名高速道路の下り線は、思いのほか空《す》いていた。車の流れはスムーズだった。

多門はボルボＸＣ40をほとんど右のレーンから移さなかった。

まだ四時前だった。目的地まで、あと三十分ぐらいだろうか。

「わたしって、ばかよね」

助手席に坐った朋美が、小声で呟いた。

「朋美ちゃん、急にどうしたんだ？」

「わたしね、二年ぐらい前にも偽ルイ・ヴィトンのバッグをディスカウントショップで掴まされたことがあるの」

「そうだったのか。けど、仕方ないよ。ルイ・ヴィトンはブランド品の中で一番人気だから、コピー商品が大量に出回ってるって話だぜ」

「そうなんだってね。新聞に出てたんだけど、去年一年間でルイ・ヴィトンの製品が二千億円も売れたんだって」

「それは、日本での年間売上額？」

「ええ」

「驚異的な数字だな」

「そうね。日本は世界で最もルイ・ヴィトン製品が売れる国なんだって」

「若いＯＬは海外旅行のついでに、ブランド品を買い漁《あさ》ってる。海外で購入した分をプラスしたら、日本人の総売上額はもっと多くなるわけだ」

「そうなるわね。ルイ・ヴィトン、シャネル、エルメス、グッチ、プラダ、フェラガモ、フェンディ、コーチといった有名ブランド品の日本での総売上額は六千億円にもなるそうよ」

「そうか。世界の有名ブランドメーカーは日本人をカモにしてるんだな」

多門は長嘆息した。

「カモというのは、ちょっと言い過ぎなんじゃない？　日本人がヨーロッパのブランド品に憧《あこが》れて、進んで買ってるわけだから」

「考えてみりゃ、ブランド先行の一点豪華主義というのはみっともないよな。フランスやイタリアのブランド物は確かにステータス・シンボルになるんだろうが、サラリーマンやOLが時計やバッグを数点身につけても様《さま》にならない」

「わたしも含めてだけど、どこかアンバランスよね。ヨーロッパでは上流階級の人たちが老舗《しにせ》ブランド品に囲まれて暮らしてるだけで、いわゆる庶民はルイ・ヴィトンにもシャネルにも関心を示さないそうよ」

「だろうな。年収一千万そこそこの勤め人たちが見栄を張ったって、滑稽《こっけい》なだけだろう」

「確かに、どこか変よね。欧米の人々は日本人のブランド信仰を嘲笑してるんじゃない？」

「そいつは間違いないだろうな」

「でもね、女性誌やデパートの広告で有名ブランド製品を見たりすると、やっぱり欲しくなっちゃうのよ。色とかデザインが国産品よりも垢抜《あかぬ》けてるんでね」

「それは言えてるな。しかし、これだけ街に有名ブランド品があふれてたら、かえって恥ずかしいし、個性がないってことになる」

「その通りなんだけど、つい有名ブランド物に目がいっちゃうの」

　朋美が自嘲的に笑った。

「そっちは自立した女性だから、それでもいいさ。しかし、女子高生や女子大生がブランド品を買う金が欲しくって、売春やパパ活をしてるのはまともじゃない。日本人のブランド信仰はクレージーだよ。まるで熱病に冒《おか》されたみたいだもんな」

「ええ。そうだから、偽ブランド品が横行してるのね」

「そういうことだろうな」

「有名ブランドの商標をパロディー感覚で真似《まね》た商品はご愛嬌《あいきょう》だと思えるけど、〝スーパーコピー〟と呼ばれてる本物そっくりの精巧な偽商品は赦《ゆる》せないわね」

「日本は偽ブランド大国とからかわれるほどコピー商品が大量に出回ってる。それは最近のことだけじゃなく、三十数年前からの話だ。現に有名デパートや衣料スーパーで偽エルメスのネクタイを売ってた事実が発覚した。そのころより現在《いま》はコピー技術が発達してるだろうから、専門家でも見分けのつかない偽ブランド品が大量に売られてるにちがいないよ」

「そうなってくると、各ブランド直営の日本販売店の品物以外は安心して買えなくなっちゃうわね」

「どうしても本物のブランド品を持ちたかったら、そうすべきだろうな」

「だけど、直営店の場合は驚くほど値が高いのよね」

「本来、そういうもんさ。だから、欧米じゃ一部の上流階級の連中しか老舗ブランド品を購入できないんだよ」

「そうね、その通りなのよね。今回のことで少し懲《こ》りたから、ブランド信仰が消えるかもしれないわ」

「朋美ちゃんは個性を売りものにしてるんだから、バッグも服もオーダーメイドすりゃいいんだよ。同じ高い金を出すんだったら、そのほうがずっといいと思うな」

「ええ、そうするわ」

「プラダの偽バッグは返品して、金を返してもらうほうがいいな」

多門は口を結んだ。

いつの間にか、鮎沢《あゆさわ》パーキングエリアに差しかかっていた。次の足柄《あしがら》サービスエリアを越えると、ほどなく御殿場ＩＣが見えてきた。

一般道路に降り、数キロ進む。やがて、巨大なアウトレットモールに着いた。

多門はボルボを広い駐車場に入れた。朋美がプラダの偽バッグの入った手提《さ》げ袋を持って、先に車を降りた。多門もすぐボルボから出た。

「こっちよ」

朋美が緊張した顔つきで先に歩きだした。多門は朋美と肩を並べた。

問題の店はモールの外れにあった。朋美が応対に現われた二十六、七歳の男性店員に事情を説明した。すると、相手がみるみる険《けわ》しい表情になった。

「クレームの電話をしてきたのは、おたくか。電話でも言ったけど、うちは偽商品なんか売ってない」

「でも、本物のプラダのバッグとは内ポケットの位置が少し違うんです。わずか五ミリですけど、左にずれてるんですよ。ちゃんと専門家に鑑定してもらいましたので、間違いありません。返品させてもらいます」

「その鑑定人の名前と連絡先を教えてよ。こっちで連絡して、相手と話し合うから」

「相手に迷惑をかけたくないんです。品物を返しますから、代金を返してください。ちゃんとレシートも持ってきました」

「売ったバッグには、ちゃんとメーカーの保証書も入ってたでしょ?」

「ええ、それはね」

「保証書が本物の証《あかし》です。どうしても偽商品だって言い張るんだったら、うちの顧問弁護士と話をしてもらうことになるよ」

「そんな……」

朋美が振り向き、目顔《めがお》で助けを求めてきた。

多門は無言でうなずき、朋美のかたわらまで歩《ほ》を運んだ。店員が驚き、すぐに目を逸《そ》らした。多門が朋美の連れとは気づかなかったようだ。

「店員のマナーがなってねえな。客にぞんざいな口をきくのは最低だぜ」

「そ、それはお連れの方が言いがかりをつけてきたものですから……」

「言いがかりだって⁉ なんでそう言い切れる？」

「当店は、ちゃんとした買い付けルートを持っていますし、製品は本物しか売ってませんので、偽ブランド品を店頭に並べるわけないんです」

「あんた、鑑定の専門家なのか？」

「そうではありませんが……」

「店の責任者を呼んできてくれ。店長、いるんだろ？」

「ええ、まあ」

「早く呼んできな」

多門は相手を睨《ね》めつけた。店員が怯《ひる》み、奥に走っていった。

待つほどもなく四十年配の細身の男がやってきた。

「わたし、店長の田中《たなか》と申します。店の者が何か失礼なことをしたのでしょうか?」

「実は……」

朋美がうんざりした顔で、また経過を話した。田中がプラダの偽バッグを受け取り、内ポケットをチェックした。

「目で見ただけでは、内ポケットの位置はわからないと思います。同型のバッグ、ありますよね?」

「はい、ございます」

「それじゃ、メジャーを使って内ポケットのずれを確認してください」

朋美が言った。田中店長は短く迷ってから、言われた通りにした。

「五ミリほど位置が違いますでしょ?」

「はい、そうですね。しかし、この程度の誤差は許容範囲《きょようはんい》ですので、お客さまが偽プラダと極《き》めつけられるのは、ちょっと早計ではないでしょうか」

「でも、専門家が偽商品だと鑑定してるんですよ。その方がいい加減なことを言ったとおっしゃるんですかっ」

「そうは申しておりません。ただ、その鑑定が正確だったかどうかとなると……」

「とにかく、返品します」

「もちろん、ご返品は可能です。しかし、わたしどもお客さまにコピー商品を売っているのと誤解されたままでは商売に影響します。メーカーに商品を送りまして、鑑定し直させていただけないでしょうか。それまで、このバッグは預からせていただくということで、いかがでしょう？　当然のことですが、お客さまには商品の預かり証をお渡しいたします」

「買った本人が返品してえと言ってんだから、さっさと代金を持ってきな」

　多門は口を挟んだ。

「いま返品ということになりますと、どうしても当店に対して悪いイメージを持たれてしまうでしょう。どんな商売も同じでしょうが、お客さまの信用を失うことが怖いのです」

「そっちの言い分よりも、客の希望を優先させるのが筋だろうがっ。早く返品に応じないと、この店で偽プラダを売ってるって大声で触《ふ》れ回るぜ」

「そ、そんなことはおやめください。当方が迷惑します」

「だったら、代金を早く持ってきなよ！」

「わかりました」

田中が渋々、レジに足を向けた。

「感じの悪いお店ね。もう二度と来ないわ」

朋美が小声で言った。

「まだ腹の虫が収まらないんだったら、代金のほかに幾らか迷惑料をふんだくってやるよ。五万や十万は出すだろう」

「そんな恐喝まがいのことをしたら、きっと一一〇番されるわ」

「そのへんはうまく脅すさ」

「わたしは、代金を返してもらえばいいの」

「そう」

多門は折れた。

店長が代金を手にして、小走りに戻ってきた。朋美がレシートと引き換えに五万円弱の現金を受け取った。

二人は店を出た。

「クマさんのおかげで、すっきりしたわ。何かお礼をしないとね」

「何を言ってるんだい。あんまり他人行儀なことを言うなって」

「ね、今夜、箱根《はこね》あたりで泊まろう？」

「仕事、大丈夫なのか？」

「ええ、平気よ。クマさんのほうは？」

「おれも別に急いで東京に戻る必要はない」

「だったら、そうしよう。宿泊代、わたしが出すから、一緒に過ごして」

「金の心配はするなって。それじゃ、仙石原《せんごくばら》のホテルにでも泊まるか」

多門は陽気に言って、朋美の腰に腕を回した。

二人は駐車場に急いだ。ボルボのすぐ近くにベージュのワンボックスカーが駐《と》まっていた。その車体には『宝物オークション』という文字が見えた。

多門は車内を覗き込んだ。

無人だった。後ろには段ボール箱が重ねられている。確か大槻玲が経営しているネットオークション会社と同じ社名だ。社員がたまたまアウトレットモールに買物に訪れたのか。それとも、大槻の会社の者が別の目的で御殿場まで来たのだろうか。

多門は少し気になったが、朋美とともにボルボに乗り込んだ。

国道一三八号線に出ると、道なりに走った。そのままかつての乙女《おとめ》道路をたどり、仙石ゴルフコースの裏手にあるホテルにチェックインした。

選んだ部屋は、十階のツインベッドルームだった。

多門は部屋に入るなり、朋美を抱き寄せた。

二人は何度もくちづけを交わし、窓側のベッドに倒れ込んだ。多門は朋美の衣服をゆっくりと脱がせた。ブラジャーを外すと、朋美が閉じていた瞼《まぶた》を開けた。

「汗を流したいわ」

「もう待てないよ」

多門は朋美のヒップに手を回し、一気に真珠色のパンティーを引きずり下ろした。

「オーラルプレイは洗ってからにしてね」

朋美が恥じらいながら、小さく言った。

多門は手早く着ているものを脱ぎ捨てると、朋美の足許に両膝を落とした。朋美がころもち脚《あし》を開く。多門は朋美の脚をM字にすると、秘めやかな場所に顔を埋めた。舌を使いはじめる。

朋美は呆気《あっけ》なく高波に呑《の》まれた。女豹《めひょう》のように唸り、裸身をリズミカルに震わせた。

多門の体は昂《たか》まっていた。

朋美の中に分身《ラーゲ》を潜《もぐ》らせた。しとどに濡れていた。

多門は幾度か体位を変えながら、朋美の官能を煽《あお》りまくった。朋美は切なげな声をあげると、ふたたびクライマックスに達した。多門は突き、捻《ひね》り、また突いた。朋美は大胆に迎え腰を使った。

やがて、二人はほぼ同時に果てた。

多門は、しばらく動かなかった。朋美も全身で余情を味わっていた。

体を離すと、二人はシャワールームに移った。多門は先に朋美の体を優しく洗ってから、熱いシャワーを浴びた。二人は一息入れると、一階のグリルに降りた。

驚くことにグリルには、女友達の五十嵐飛鳥《いがらしあすか》がいた。飛鳥は外資系商社の役員秘書である。二十五歳で、大柄な美女だ。

飛鳥のテーブルには、二人の五十年配の男が坐っていた。片方は栗毛の白人で、もうひとりは日本人と思われる。

多門は飛鳥たちの席とは離れたテーブルに着いた。飛鳥には背を向ける恰好《かっこう》だった。

彼女は当然、自分に気づいたろう。朋美も見ているにちがいない。

多門は内心の狼狽《ろうばい》を隠してメニューを開いた。

オーダーを終えると、朋美が化粧室に向かった。多門は煙草に火を点けた。半分ほど喫《す》ったとき、誰かに肩を叩かれた。振り向くと、飛鳥が背後に立っていた。

「連れの女性は？」

「遠い親類なんだ。日帰りで箱根を案内して、ここで飯を喰《く》ったら、東京に戻ることになってるんだよ」

「なんだか目が落ち着かない感じね。お連れさんは新しい彼女なのかな。それとも、わたしよりも長いおつき合い？」

「飛鳥ちゃん、それは邪推だよ。おれは飛鳥ちゃんに首ったけなんだぜ」

「あなたは女性に優しいから、モテるのよね」

「まいったなあ。どうすれば、わかってもらえるのかな」

「遠縁の娘《こ》の前で、わたしにキスできる？」

「できるさ。しかし、人前でそういうはしたない真似はちょっとな」

「うまく逃げたわね」

「接待ゴルフのお供かい？」

　多門は話題を変えた。

「そうなの。得意先の役員の接待なのよ。上司のスミスは片言の日本語しか喋れないから、わたしが通訳として同行させられたの」

「そう。今夜は、このホテルに泊まるのかな？」

「ええ。三人ともシングルの部屋を取ってあるのよ。それで、明日は朝早くグリーンに出ることになってるの」

「大変だな。近いうちに、飛鳥ちゃんに電話するよ」

「せっかく会えたのに、わたしに膝小僧を抱えて寝ろっていうの？　もう飽きられちゃったのかな、わたしは」

「そんなことあるはずないじゃないか。遠縁の娘《こ》を東京に送り届けないわけにはいかないからさ」

「相手は子供じゃないんだから、タクシー代を渡して先に東京に戻ってもらったら？　わたしの部屋は七〇八号室よ。待ってるわ」

　飛鳥が囁き声で言い、ゆっくりと遠ざかっていった。

　朋美ともう一ラウンドこなしたら、こっそり七〇八号室に行くか。まだ飛鳥と別れる気はなかった。

　多門は指先に熱さを感じた。フィルターの近くまで灰になっていた。

2

　寝息が洩れてきた。

俯《うつぶ》せになった朋美は三度も快楽の海に溺《おぼ》れ、疲れ果てたようだ。多門は朋美の裸身に毛布を掛け、そっとベッドから離れた。

午後九時半過ぎだった。

多門は浴室に入り、静かにシャワーを浴びた。手早く身繕《みづくろ》いをして、朋美に走り書きを残す。ホテルのバーで軽く飲んでくるという内容だった。

多門は抜き足で部屋を出て、エレベーターに乗り込んだ。七階で降り、飛鳥の部屋のドアをノックした。

ややあって、ドア越しに飛鳥の声で応答があった。

「クマさん？」

「ああ」

多門は小声で答えた。

部屋のドアが開けられた。飛鳥は白いバスローブ姿だった。

多門は部屋の中に入った。巨体のせいか、シングルルームはとても狭く感じられる。

「来てくれたのね。嬉しいわ」

飛鳥が多門の胸の中に飛び込んできた。多門は飛鳥の腰に両腕を回した。

「遠縁の娘《こ》はタクシーで東京に帰ったのね？」

「すぐに名前が出てこなかったわね。グリルで一緒だった女性、遠い親戚《しんせき》なんかじゃないんでしょ？」

「えーと、朋美だよ」

「なんて名前なの」

「そう」

飛鳥がそう言い、アッパーカットで多門の顎《あご》を殴る真似をした。

「まだ疑われてるのか。信用されてないんだな」

「こら、白状しなさい。連れの朋美という娘は、まだこのホテルのどこかにいるんでしょ？」

「飛鳥ちゃん、何を言い出すんだよ。彼女は、もう箱根にはいない」

「ほんとに本当なの？」

「もちろんさ」

多門は大きく背を丸め、飛鳥の唇を塞《ふさ》いだ。

バードキスを交わしていると、いきなり飛鳥が多門の性器を握った。刺激されても、多門の体は反応しなかった。

飛鳥が手を引っ込め、顔を離した。

「やっぱり、思った通りだわ。クマさん、朋美って娘《こ》を抱いたばかりね。だから、頭をもたげようともしないんでしょ？」

「ちょっと疲れてるんだ。しかし、すぐにエレクトすると思うよ」

「もっと正直になってほしいな。わたし、別にあなたを独占しようとは思ってないの。クマさんを好きになった女性なら、きっと話が合うはずだわ。ね、朋美さんを紹介してよ」

「いつか機会があったらな」

「クマさんの部屋に行こう？」

「おれ、部屋なんか取ってないよ」

多門は言った。次の瞬間、飛鳥の手が多門の上着のポケットに滑り込んだ。そこには、部屋のカードキーが入っていた。

多門は焦《あせ》ってポケットを押さえようとした。だが、遅かった。すでに飛鳥はカードキーを取り出していた。

「実は少し前にシングルの部屋を取ったんだ」

「まだシラを切る気なの。クマさんらしくないんじゃない？」

「わかった、観念するよ。朋美って娘《こ》は部屋にいる」

「やっぱりね」

「こんなことを言うと、飛鳥ちゃんを傷つけるかもしれないが、おれにはどっちも必要な女性なんだ。飛鳥ちゃんに惚れてることは嘘じゃないし、朋美ちゃんも嫌いじゃないんだよ。こういうのって、男の狡《ずる》い考えだろうけどな」

「仕方がないことなんじゃない？　男だけじゃなく、女だって複数の相手を同時に好きになることもあるでしょうし」

「飛鳥ちゃん、おれのほかにもつき合ってる野郎がいるのか？」

多門は訊いた。

「ううん、そういう男はいないわ。でも、同時に二人の相手に魅《み》せられることだってあると思う」

「飛鳥ちゃんは大人だな。朋美ちゃんより好きになりそうだ」

「無理しなくてもいいの。それより、三人でバーで飲まない？」

「朋美ちゃんがその気になるかなあ」

「とにかく、彼女を紹介してよ。わたし、大急ぎで服を着る」

飛鳥が多門から離れ、後ろ向きになった。すぐに彼女はランジェリーをまとい、バスローブを脱ぎ捨てた。

朋美は、おそらく傷つくだろう。ここで、飛鳥をワイルドに抱くべきか。

多門は突っ立ったまま、迷いはじめた。

結論が出る前に、飛鳥は身仕度を終えてしまった。多門は押し切られる形で、飛鳥とともに部屋を出た。エレベーターで、自分の部屋のある階まで上がる。

「ちょっと待っててもらいたいんだ」

多門は飛鳥をエレベーターホールに立たせ、朋美のいる部屋に急いだ。

朋美はベッドで眠っていた。多門はかわいそうな気がしたが、朋美の肩を揺さぶった。

一度では目を覚まさなかった。朋美は二度目で瞼《まぶた》を開けた。

多門は走り書きのメモを上着のポケットに入れ、朋美に声をかけた。

「起こしてしまって、悪いな」

「クマさん、なんでそんな恰好《かっこう》をしてるの？」

「実はさ、朋美ちゃんに会いたがってる女性がいるんだよ」

「いったい、どういうことなの⁉」

朋美が上体を起こした。弾みで、豊かな乳房が揺れた。悩ましかった。

多門は後ろめたさを覚えながら、飛鳥とも交際していることを打ち明けた。一瞬、朋美が顔を曇らせた。

「二人の女性とつき合ってる男なんて最低だよな。それはわかってるんだ。だけど、どっちも好きなんだよ」

「そうなの」

「こんなことを言ったら、朋美ちゃんに泣かれそうだけど、実は偶然にも飛鳥ちゃんが同じホテルに泊まってたんだ。上役の接待ゴルフのお供でな」

「その彼女とホテルのどこかで顔を合わせたの？」

「そうなんだ。煙草を買いに出たんだよ、朋美ちゃんが眠ってる間にさ。そのとき、ロビーで飛鳥って娘《こ》に会ったんだ」

多門は、思いついた嘘を澱《よど》みなく喋った。

朋美は少しも疑っていない様子だった。さすがに多門は疚《やま》しさを覚えた。

「その彼女は自分の部屋にいるの？」

「この階のエレベーターホールにいるんだ。飛鳥ちゃんは三人でバーで飲もうって言ってるんだよ。彼女と会ってみる気はある？」

「ちょっと複雑な気持ちだけど、飛鳥さんに興味はあるわ。同じ男性を好きになったんだから、性格や考え方に似通ってる部分があると思うの」

「そういえば、二人はどことなく似てるな」

「そう。だったら、一度会ってみてもいいわ。大急ぎでシャワーを浴びて服を着るから、先に二人で飲んでて。バーは確か二階にあるのよね？」

「ああ。それじゃ、そうするよ」

「部屋のカードキー、クマさんが持ってるんでしょ？」

朋美が確かめた。多門はうなずき、カードキーをナイトテーブルの上に置いた。それから彼は、先に部屋を出た。

飛鳥が多門の姿に気づき、ゆっくりと歩み寄ってきた。向かい合うと、多門は先に口を開いた。

「会ってみたいってさ」

「ほんとに？」

「ああ。先におれたち二人で飲んでてくれって言ってた。彼女、シャワーを浴びたいらしいんだ」

「クマさんの匂いを消してから、わたしの前に現われたいってことね。なかなか神経が繊細じゃないの。そういう娘《こ》なら、波長が合いそうだわ」

「二人が仲良くしてくれるのは嬉しいが、レズに走ったりしないでくれよな」

「ご心配なく。わたしには、レズっ気はないから」

飛鳥が腕を絡めてきた。

二人はエレベーターで、二階に降りた。バーに入る。照明はほどよい暗さだ。ＢＧＭが心地よい。ビル・エヴァンスのジャズピアノが控え目に流れていた。洗練されたサウンドだった。

多門たちは隅のテーブル席についた。

飛鳥はブラディマリーを選んだ。多門はバーボンの水割りをオーダーし、数種のオードブルを勝手に頼んだ。

ウェイターが下がると、飛鳥が深呼吸した。

「やっぱり、ちょっと緊張しちゃうな」

「朋美ちゃんも同じだと思うよ」

「でしょうね。わたしって、変な女なのかなあ」

「どうして？」

「ふつうは恋敵《がたき》には会いたいと思わないでしょ？」

「だろうな」

「わたしに会う気になった朋美さんも少しエキセントリックなのかもね」

「どう答えるべきなのか」

多門は肩を竦《すく》めた。

そのとき、上着の内ポケットでスマートフォンが打ち震えた。発信者はチコだった。

多門は飛鳥に断って、バーの外に出た。通路の端にたたずむ。

「クマさん、面白いことがわかったわよ。大槻がやってるネットオークションの過去の出品者をチェックしてみたら、全員、『宝物オークション』の社員だったの。サイトは出品者から会費を取って、落札者から手数料を貰うのが普通なのよ」

「出品者が自分の会社の社員だけってえのは、なんか不自然だな」

「ええ、何か裏がありそうね。『宝物オークション』の社員たちは落札者に連絡するとき、本来の出品物の代金の支払い方法や受渡し方法を教えるついでに非合法な商品の売り込みをしてるんじゃない？」

「そうやって、各種の拳銃を密売してるのか」

「きっとそうだわ。それも銃器だけじゃなく、ほかの危《ヤバ》い品物も取り扱ってるんじゃない？」

「それに関連したことで、ちょっと気になった事実があるんだ」

多門は御殿場のアウトレットモールの駐車場で『宝物オークション』の社名入りのワンボックスカーを見かけたことを話した。

「量販店やアウトレットショップには有名ブランド製品のコピー物が割に流れ込んでるらしいって話よ」

「そういう話は、おれも聞いたことがあるよ。鞄《かばん》バイヤーと呼ばれてる個人業者がイタリアのマフィアの息のかかった偽ブランド製造工場でネクタイやバッグを大量に買い付けて、通信販売会社や出張販売会社に卸《おろ》してるらしい。それからパチンコの景品のブランド物の大半は、コピー商品だって話を聞いたこともあるな」

「大槻は利幅の大きな非合法商品をいろいろ密売してるんじゃない？　というのはね、大槻に夕方電話して、お店に来てって誘ったら、今夜は南米の某国の大使館員と会食する約束があるからって断られちゃったのよ」

「外交官を抱き込んでるとすりゃ、拳銃を国内に持ち込むことは実に簡単だ。外交官たちには治外法権があるから、原則として日本の捜査機関は何もできねえ」

「ええ、そうね。二等書記官クラスの現役外交官がドラッグの運び屋をやってたケースは昔から幾らでもあるわ。事件が発覚すると、みんな外交官は本国に逃げ帰って、結局、うやむやになっちゃうけどね」

「そうだな。チコ、なんとか大槻に接近してくれねえか」

「言われるまでもなく、そのつもりよ。ところで、クマさんがなんで御殿場のアウトレットモールになんか行ったの？」

チコが訝《いぶか》しそうに訊いた。

「おれの知り合いの男が偽ブランド物のビジネスバッグを掴まされたんだよ。そいつ、気の弱い奴でな、ひとりじゃクレームもつけられねえって言うんだ。で、おれが一緒に従《つ》いて行ったんだよ」

「その知り合いって、おっぱいが大きいでしょ？　それから、口紅もつけてるわよね？」

「さっき知り合いは男だって言ったはずだ」

「クマさんの嘘なんか、すぐわかるわ。どこの女と浮気してるのよっ」

「忙しいんだ。電話切るぞ」

「都合が悪くなると、いっつもそうなんだから。どうせ今夜は、その彼女と箱根あたりに泊まることになってるんでしょ？」

「おれは代官山の家《ヤサ》にいるんだ」

「この時間に自分の塒《ねぐら》にいる男じゃないでしょうが。もう少し説得力のある嘘をつきなさいよ」

「あっ、コーヒーが沸《わ》いたな。それじゃ、またな」

多門はスマートフォンを懐に突っ込み、急いでバーに戻った。テーブルには、酒とオードブルが届けられていた。

多門は椅子に坐り、飛鳥とグラスを軽く触れ合わせた。

バーボンの水割りを半分ほど飲んだころ、朋美が緊張した面持《おもも》ちでやってきた。薄化粧をしている。

飛鳥が朋美に会釈《えしゃく》し、腰を浮かせた。多門は女たちを引き合わせた。ばつが悪かった。

朋美は多門の右隣に坐り、飛鳥と同じカクテルを頼んだ。最初の数分こそ二人の女はぎこちなかったが、じきに打ち解けた。

多門は、ほっとした。二人の女友達が火花を散らすようなことになったら、身の置き所がない。

多門も次第に寛《くつろ》げるようになった。

飛鳥と朋美は多門そっちのけで談笑し、グラスを重ねた。まるで十年来の友人同士のように愉しげに会話を交わしている。

朋美が耳を疑うようなことを口走ったのは、十時四十分ごろだった。

「飛鳥さんだけ独り寝させるのは、ちょっと残酷ね。クマさん、わたしたちの部屋で三人で寝よう？　二つのベッドをくっつけちゃえば、なんとか横になれると思うわ」

「おれは別にかまわないけど、飛鳥ちゃんの気持ちも聞かないとな」

「わたしも三人で同じ部屋で寝《やす》みたいわ」

飛鳥が言った。真顔《まがお》だった。多門はうろたえた。

妙な流れになってきた。しかし、自分が強く反対する理由もない。成り行きに任せることにした。

多門は煙草に火を点けた。

バーの営業時間は午後十一時までだった。三人は閉店時間まで粘り、部屋に引き揚げた。

多門は上着を脱ぎ、二つのベッドをぴたっと密着させた。

「川の字に寝よう。おれが真ん中に横たわるよ。ベッドに隙間ができたとき、おれが床に落っこちるだけで済むからな」

「クマさん、三人とも横向きになろうよ。そうすれば、体重でベッドは離れたりしないんじゃない？」

朋美が提案した。

「それでもいいけど、多分、おれには長さが足りねえだろうな。でも、いいよ。脚《あし》はベッドから食《は》み出したって、別にどうってことないから」

「クマさん、ちょっと横になってみて」

「ああ、いいよ」

　多門は壁面に頭を向けて、仰向けになった。

「それじゃ、寝にくそうね」

　飛鳥が朋美に言った。

「そうね。クマさんと飛鳥さんがベッドを使って。わたしは床に毛布を敷いて、そこに寝るから」

「それは、まずいわ。要するに、クマさんを眠れるようにすればいいわけよね？」

「何かいい考えがある？」

「朋美さん、わたしたち二人でクマさんをくたくたに疲れさせてやらない？　そうすれば、クマさんも眠れるはずだわ」

「それって、３Ｐをやろうってことよね？」

「ええ、そう」

「刺激的だろうな」

「やってみる？」

「ええ、いいわ」

二人の女はうなずき合うと、競《きそ》い合うように衣服を脱ぎはじめた。多門は驚き、跳ね起きた。

「二人とも、マジかよ⁉」

「ええ、もちろん！　ねえ？」

飛鳥が朋美に相槌を求めた。朋美がブラジャーを外しながら、大きくうなずいた。

「クマさんも裸になって」

飛鳥が促《うなが》した。

「そう言われても、『はい、そうですか』ってわけにはいかないよ」

「それじゃ、わたしたちが裸にしてあげる。とにかく、横になって」

「まいったなあ」

多門はにやついて、ふたたび仰向けになった。

それから間もなく、飛鳥と朋美が相前後してベッドに這い上がった。どちらも一糸もまとっていなかった。

二人の女友達の手によって、多門は素っ裸にされた。

「朋美さんは下半身を刺激して」

飛鳥がそう言い、斜めに胸を重ねてきた。多門はすぐに唇を吸われた。朋美が多門の腰の横に坐り、陰茎《いんけい》に手を伸ばしてきた。

３Ｐをやってもいいのか。女たちが仕掛けてきたのだから、別に問題はないだろう。

多門は自問自答し、飛鳥と舌を絡めた。飛鳥はディープキスを交わしながら、多門の胸を情感の籠《こも》った手で撫ではじめた。

「妬《や》けちゃうな」

朋美が屈託《くったく》のない声で言い、亀頭に生温かい唇を被せてきた。

多門は急激に昂《たか》まった。朋美が情熱的に舌を閃《ひらめ》かせはじめると、飛鳥が獣の姿勢をとった。

多門は飛鳥に右手首を摑まれた。

飛鳥は自分の乳首をまさぐりながら、多門の右手を秘めやかな場所に導いた。多門は朋美の目が少し気になったが、指を使いはじめた。

飛鳥の敏感な部分は蛹《さなぎ》のような形状に膨らんでいた。生ゴムのような感触だ。双葉は小さく綻《ほころ》んでいる。

多門は合わせ目を押し開いた。指先が潤《うる》みに塗《まみ》れた。

飛鳥の喘《あえ》ぎが淫《みだ》らな呻きに変わった。多門は襞《ひだ》の奥に指を潜《くぐ》らせた。Ｇスポットは早くも盛り上がっていた。その部分と感じやすい突起を同時に愛撫しはじめた。

「朋美さん、ごめんなさい」

飛鳥が言いながら、最初のエクスタシーに達した。

多門は飛鳥の震えが熄《や》むと、指を引き抜いた。ほとんど同時に、朋美が多門の腰に打ち跨がった。猛《たけ》った男根《だんこん》は朋美の体内に呑《の》まれた。朋美が腰を躍《おど》らせはじめた。縦揺《ピッチング》れと横揺《ローリング》れが交互に訪れた。

「わたし、おかしな気分になっちゃった」

飛鳥が上擦《うわず》った声で言い、せっかちに多門の顔の上に跨がってきた。多門は濡れた性器で口許を塞《ふさ》がれた。

「クマさん、下から突き上げて」

朋美が切なげにせがんだ。多門は腰を迫《せ》り上げた。

多門は飛鳥に口唇愛撫を施《ほどこ》しながら、腰を大きく突き上げはじめた。

3

目がしょぼしょぼする。

多門は眠気を堪《こら》えながら、パソコンのディスプレイを覗き込んだ。すでにチコは『宝物オークション』のホームページにアクセスし、会員登録を済ませていた。

多門は箱根から戻った足でチコの自宅マンションを訪れたのである。午後三時過ぎだった。

前夜の淫《みだ》らな情景が脳裏に焼きついていた。

朋美も飛鳥もトリプルプレイは初体験だったらしく、異常なほど燃え上がった。二人は貪婪《どんらん》に多門の体を求めた。まるで競《きそ》い合っているような感じだった。

サービス精神の旺盛な多門は、どんな要求にも応じた。

二人の女性の柔肌を等しく慈《いつく》しみ、両手を使って性器を愛撫した。女友達たちは交互にオーラルセックスを愉《たの》しみ、二頭立ての馬のように尻を並べた。

多門は言われるままに後背位で代わる代わるに五十回ずつ突き、待っているほうの女性の体を指で弄《もてあそ》んだ。ただ、最後の注文は難しかった。女性たちは、多門がどちらか一方の膣内で射精することに難色を示した。

二人は、果てるときは双方の尻や腰に精液を飛ばしてほしいと口を揃えた。それも、ほぼ同じ分量にしろという注文だった。

多門は飛鳥と接しているとき、爆《は》ぜる予兆を覚えた。急いで腰を引き、ペニスの根元を握った。それから、ワイパーのように横に振った。

努力した甲斐があった。迸（ほとばし）った体液は、うまく二人の女友達の肌に届いた。分量にさほど違いはなかった。

　多門も、それなりに変則プレイを娯《たの》しんだ。

　しかし、神経も使わされた。同じ要求に何度も応《こた》える自信はなかった。心のどこかで、飛鳥と朋美が眠ってくれることを願っていた。

　しかし、二人は欲張りだった。今度は、ひとりずつ愛してくれというのである。しかも、パートナー以外の女も手指で沸点まで押し上げろという。

　並の男なら、泣きが入ってしまうだろう。だが、女たちに尽くすことを生き甲斐にしている多門は力をふり絞って求めに応じた。そのせいで、眠くてたまらない。

「クマさん、昔懐かしいアイボが競《せ》りにかけられてるけど、これなんか怪しいんじゃない？」

　パソコンの前に坐ったチコがそう言い、大きく振り返った。

　多門はディスプレイを見た。出品されている中古のロボット犬の現在の入札最高価格は五万七千円になっていた。開始価格は三万円だった。入札件数は五件だ。

「オークションの開始日時は十日前の午後五時で、終了日時はきょうの夕方五時ね。クマさん、あと一万円前後出せば、多分、アイボを競《せ》り落とせると思うわ。入札してみる？」

「そうだな。入札単位は百円だったっけ？」

「ええ、そうよ。最高額に二、三千円乗っけて、オークションに参加してみたら？」

「二、三千円じゃ、ほかの五人がすぐに五、六千円上乗せするだろう。チコ、面倒臭《くせ》えから、いきなり八万で入札してくれや」

「いいの？　七万でも落札できそうだけど」

「いいから、八万円にしてくれ」

多門は急《せ》かした。

チコが入札の手続きを済ませ、ふたたび検索ページを繰《く》りはじめた。オークションはカテゴリーごとに行なわれているが、なぜか〈ホビー〉や〈玩具〉の項にモデルガンは入っていなかった。

「クマさん、これもちょっと怪しいわ。一九三〇年代にドイツで造られた七十五センチのアンティークドールなんだけど、入札開始価格が二十三万円なのよ」

「現在の入札最高額は？」

「三十六万円よ。弾《たま》付きで自動拳銃を買えそうな価格じゃない？」

「そうだな。チコ、四十万で入札してみてくれねえか」

「オーケー」

「出品者は大槻の会社の社員なんだな？」

「ええ、そうよ。さっきのアイボの出品者も社員のひとりだったわ」

「落札した場合は、必ず『宝物オークション』からメールか電話で連絡が入るんだったな？」

「ええ、そのはずよ」

「よし、これで罠《トラップ》は仕掛けた」

多門はリビングソファに腰かけ、ロングピースをくわえた。

チコは入力し終えると、キッチンに足を向けた。多門はソファに深く凭《もた》れ、生欠伸《なまあくび》を嚙み殺した。そのすぐ後《あと》、チコがアイスコーヒーを運んできた。二人分だった。タンブラーを卓上に置くと、チコは多門の正面のソファに浅く坐った。

「きょうも、大槻に誘いの電話を入れてみるわ」

「いや、一日置いたほうがいいな。連日、声かけたんじゃ、大槻も変に思うだろう」

「そうね。それに、あたしの名で『宝物オークション』の入札もしたから、急に接近したことを覚《さと》られちゃうかもしれないわ」

「大槻がいちいち入札者をチェックしてるとは思えねえが、少し慎重に動こうや」

「そうね。アンティークドールのオークション終了日時はきょうの午後四時半だから、まだ時間があるわね。クマさん、寝室に行こう？」

「殺すぞ、チコ！　おれは昨夜《ゆうべ》、ほとんど寝てねえんだ」

「どっかの淫乱女にタンクが空っぽになるまで、しつこく求められたんでしょ？」

「女性の悪口を言うんじゃねえ」

多門は短くなった煙草の火を乱暴に揉み消した。

「クマさんが女たちを観音さまのように思ってるのはいいけど、計算高くて腹黒い娘《こ》も大勢いるのよ。こと女に関してはクマさん、中学生の坊やみたいに純情そのものでしょ？　だから、あたし、すごく心配なの。いまに必ず煮え湯《にゆ》を飲まされることになるわ」

「もう数えきれないほど煮え湯は飲まされてらあ。けど、おれは裏切った女たちをどうしても憎めねえんだ。文句あっか！」

「どうしてそんなに寛容なのよっ」

「女性たちがこの世にいるだけで、おれは心が和《なご》むんだ。柔肌に触れりゃ、赤ん坊になったみてえにリラックスできる。だから、どんな女性もいとおしくてな」

「クマさん、一度、心療内科のカウンセリングを受けるべきよ。そんなふうに考えたりするのは、どこかまともじゃないわ。きっと何か心的外傷《トラウマ》があって……」

「うるせえ！　おめえのほうこそ、カウンセリングを受けやがれ。ペニスまでちょん斬《ぎ》って、女になりてえと願うほうが変だぜ」

「あたしはマイノリティーだけど、精神そのものは正常だわ。クマさん、ひどいわよ」

チコが涙声で言い、ソファから立ち上がった。そのままトイレの中に駆け込み、荒々しくドアを閉めた。

次の瞬間、チコの号泣が響いてきた。

多門は胸を衝《つ》かれた。会話の流れから感情的な物言《ものい》いをしてしまったが、チコの人格を貶《おとし》める気はなかった。

多門はリビングソファから腰を浮かせ、トイレの前まで走った。

「チコ、おれが悪かった。謝るよ。だから、もう泣かねえでくれ」

「そばに来ないで。あっちに行って！」

チコが泣き喚《わめ》いた。

「出てきてくれよ、チコ。おめえの目の前で土下坐でも何でもする」

「男が軽々しく土下坐するなんて言うもんじゃないわ」

「けど、おれはチコの心を深く傷つけちまったんだ。男の沽券《こけん》がどうとか言ってられねえよ」

「離れて！　クマさんがそんなとこにいたら、あたし、思い切り泣けないじゃないの」

「わかった。好きなだけ泣けや」

多門はリビングに戻り、ソファに腰かけた。

また、チコの泣き声が高くなった。便器に勢いよく水が流されたが、嗚咽《おえつ》を掻《か》き消すことはできなかった。

寝不足で苛々《いらいら》していたとしても、ひどく無神経なことを言ってしまった。多門は不用意な言葉がナイフのように他人の心を傷つける怖さを思い知り、深く反省した。
五、六分が過ぎたころ、ようやくチコが泣き熄《や》んだ。トイレを出て、洗面所に走り入る。
多門は頃合を計って、洗面所に向かった。洗面所の引き戸は閉められていた。多門は洗面所の引き戸の前で正坐した。

水の音が途切れ、引き戸が開けられた。

「クマさん、何してるのよ!?」

「勘弁してくれ。この通りだ」

多門は通路に両手をつき、深く頭を垂れた。チコが慌《あわ》てて屈《かが》み込み、多門の両手を取った。

「やめてよ、クマさん！　こんなことしたら、男の値打ちが下がっちゃうわよ」

「しかし、おれはそれだけチコの心を傷つけちまったわけだから、詫《わ》びるのは当然さ」

「もういいの。思いっ切り泣いたら、すっきりしたわ。あたし、もう平気よ。だから、立って」

「ごめんな、チコ」

多門は謝って、おもむろに立ち上がった。

「一緒にアイスコーヒー飲もうよ。もう氷が解けちゃったかしらね。そうなら、作り直すわ」

「いいよ」

「そう？　とにかく、リビングに戻りましょうよ」

チコが言って、多門の片腕を取った。ふだんなら、チコの手を払いのけていたにちがいない。しかし、多門はされるままになっていた。

二人はリビングに落ち着いた。

多門はアイスコーヒーを口に運び、すぐに言った。

「うめえよ」

「クマさん、変に気を遣《つか》わないで。あたし、もう何とも思ってないからさ」

チコが拘《こだわ》りのない口調で言い、昔話をしはじめた。多門と知り合って間もないころのエピソードだった。

思い出話に耽《ふけ》っているうちに、二人はふだんの調子を取り戻した。

チコのスマートフォンが着信メロディーを奏《かな》でたのは、午後四時四十分ごろだった。

「落札の連絡か？」

多門は、スマートフォンのディスプレイに目を落としているチコに問いかけた。

「ええ、そう。クマさん、出る？」

「ああ」

「それじゃ、出てちょうだい」

チコが自分のスマートフォンを差し出した。多門はスマートフォンを受け取り、すぐに耳に当てた。

「おめでとうございます。あなたがアンティークドールを落札されました」

若い男が告げた。

「そうですか」

「お支払い方法の確認ですが、まず商品代金を小社の銀行口座にお振り込みいただきます。お振り込みがございましたら、出品者から預かりました商品をただちに発送します。送料は落札者のご負担になりますが、よろしいですね？」

「勝手を言って申し訳ないが、今回は辞退したいんだ。同じ年代に造られたアンティークドールが別のサイトで約半額で落札できたんですよ。キャンセル料は払うシステムになってるんでしたっけ？」

「いいえ、キャンセル料は不要です。そういうことでしたら、おたくさまの次に高値をつけた方に商品を回すことになりますよ。それでかまいませんね」

「ええ、結構です」

「それでは、これで失礼させてもらいます」

「ちょっと待ってくれないか」

「なんでしょう？」

「そちらで裏オークションをやってるって噂を聞いたんだが、ほんとなのかな」

多門は鎌をかけた。

「裏オークションですか⁉」

「そう。裏で本物の拳銃を弾付きで売ってるって話を知人から教えてもらったんだよ。

そういうルートがあるんだったら、ベレッタかグロックの拳銃を手に入れたいと思ってるんだ。金は百万ぐらいなら、すぐに用意できる」

「どなたが妙な噂を流したのか知りませんが、当社のオークションサイトでは法律に触れる商品は一切《いっさい》扱っていません」

「ほんとに？」

「当たり前でしょうがっ。当社は暴力団の企業舎弟《フロント》ではありません！」

相手が憤然《ふんぜん》と言い、電話を切った。

多門はチコにスマートフォンを返し、電話内容を手短に話した。

「クマさん、鎌のかけ方が下手ね。ロボット犬の落札の連絡があったら、あたしが遠回しに探りを入れてみるわ」

「そうしてもらうか」

「ええ、任せておいて」

チコがおどけて、腕に力瘤《ちからこぶ》をこしらえた。

二人は、また雑談を交わしはじめた。『宝物オークション』から電話がかかってきたのは五時十分ごろだった。今度は、チコが直《じか》に電話口に出た。多門は聞き耳をたてた。

ロボット犬の落札者になったことを伝える電話だった。

チコはオーバーに喜んでみせてから、さりげなく探りを入れはじめた。昔の金属製モデルガンがオークションに出品されることはないのかと問いかけている。

遣《や》り取《と》りは十分近くつづいた。

チコが電話を切り、落胆した表情で言った。

「残念ながら、収穫はなかったわ。きっと大槻は別の方法で拳銃の買い手を探してるのね。もしかしたら、違法ドラッグのマジック・マッシュルームを売ってる店にフライヤーを積み上げてあるのかしら？」

「マジック・マッシュルームって、幻覚作用のある毒茸《きのこ》の総称だったよな？」

多門は確かめた。

「ええ、そう。脱法ドラッグショップで売られてた毒茸はたいていムスカゾンとかブフォテインといった幻覚性化合物が含まれてるんだけど、表向きはどれも観賞用として売られてたんで、平成十四年六月までは薬事法に引っかからなかったのよ。でも、いまは違法なの」

「そうなんだってな。しかし、毒々しい色の有害茸をわざわざ観賞する奴がいるわけねえ。買った連中は幻覚剤として買ってるはずだ」

「その通りよ。毒茸は古代アステカ王国時代からインディオたちに恐怖を和らげる薬として使われてたの。よく知られてるのは、テオナナカトルね。神に捧げる肉という意味を持つ毒茸なの」

「チコ、やけに精《くわ》しいじゃねえか」

「えへへ。実は以前、マジック・マッシュルームにハマってた時期があるのよ。シビレタケ属やモエギタケ属の毒茸を乾燥させてから、刻んで食べてたの。シロシビンとかシロシンといった幻覚成分を含んだ毒茸は四ミリグラム程度服用しただけで、幻覚が生じるのよ」

「どんなふうになるんだ？」

「まず頭の中が眩《まばゆ》い光で一杯になって、それから恍惚感《こうこつかん》が訪れるの。そうなると、壁とか家具がカラフルな色彩に染まりはじめるのよ。金、銀、赤、オレンジ、緑といった色が多かったわね、あたしの場合は。人によっては、黒も出てくるらしいけどね」

「それから、どうなるんだ？」

「鮮やかな色の中から粒子《りゅうし》が浮き上がって、やがて風船玉のように膨れ上がるの。たくさんの色玉《いろだま》が乱舞するように揺れてるうちは心地よいんだけど、そのうち自分めがけて追ってくるの。だけど、手を伸ばしても色玉は掴めないのよ。触れそうになると、ゼリーみたいに溶けて崩れちゃうの」

「そんな状態がどのくらいつづくんだ?」

「五、六時間はトリップできるという人もいるけど、あたしはせいぜい二時間だったわね。そのうち気分が悪くなっちゃうのよ」

「LSDほど体に害がねえってことで、四十五年も前にアメリカのヒッピーたちがメキシコ、ペルー、ボリビア、インドネシアのバリ島、ネパールなんかに出かけて、毒茸でラリってたらしいじゃねえか。おれ、なんかの雑誌でそんな記事を読んだ記憶がある」

「そう。何も外国に出かけなくても、日本にはシロシビンを含有してるワライタケ、シビレタケ、センボンサイギョウガサなんて毒茸が山の中に生えてるわ。それで、あたし、自分で採《と》りに行って、何種類かのスライスを一緒に食べてみたの。そうしたら、とんでもないことになっちゃったのよ」

チコが言った。

「ゲロを吐いちまったんだろう?」

「ううん、吐いたりはしなかったわ。でも、涎《よだれ》をだらだらと垂らして、おしっこも漏《も》らしちゃったの。で、さすがに懲《こ》りたわけ」

「おめえも無茶をやるなあ。マジック・マッシュルームで死んじまった奴らもいるんだから、危ねえ遊びはやめな」

多門は忠告した。

チコがきまり悪そうな顔でうなずいた。ちょうどそのとき、ニューハーフのスマートフォンが着信メロディを発しはじめた。

スマートフォンを耳に当てたチコが、すぐに驚いた表情になった。そして、指で〝大〟という字を描《か》いた。大槻からの電話だろう。

通話は短かった。

「大槻、今夜ちょっと『孔雀』に顔を出すって。でも、人に会う約束があるんで、一時間そこそこしか店にいられないそうよ」

「何時ごろ、顔を出すって？」

「七時過ぎには店に来るそうよ」

「それじゃ、おれは『孔雀』の近くで張り込んでて、大槻を尾《つ》けることにすらあ」

多門は言って、アイスコーヒーの残りを飲んだ。

4

若者の姿が目立つ。

渋谷のセンター街である。午後六時を十分ほど回っていた。

多門はチコのマンションを出ると、ボルボで渋谷にやってきた。違法ドラッグショップを覗いてみる気になったのである。

センター街の外れの雑居ビルの二階に、それらしい店があった。表向きは輸入雑貨店になっている。

多門は雑居ビルに足を踏み入れ、二階に上がった。違法ドラッグショップのドアを引くと、古いアメリカンポップスが耳に届いた。『ホテル・カリフォルニア』という曲だった。

店内のラックには、欧米の雑貨が並べられていた。カモフラージュ商品だ。客の姿は見当たらない。レジの近くに顔色の悪い青年が立っていた。
二十三、四歳か。頭に青いバンダナを巻き、指にデザインリングを四つも光らせている。
「あのう、何か?」

男が警戒するような目つきで言った。

「こっそり毒茸を買いにきたわけじゃねえんだ。ここにフライヤーは?」

「ちょっと前まで小劇場関係の公演チラシを置いてやってたんだけど、いまは何も置いてない」

「そうか。妙なことを訊くが、本物の拳銃を手に入れる方法はねえかな？」

「おたく、どういう関係の人？」

「刑事でもヤー公でもねえから、そう警戒すんなよ。ちょっと理由《わけ》があって、どうしてもハンドガンを手に入れてえんだ」

「おれ、そんなルート知らないっすよ。ただ、誰かに文化村《ぶんかむら》通りにある『アクセス』ってネットカフェに行けば、覚醒剤《スピード》も本物《モノホン》の拳銃も買えるって噂は聞いたことはあるけどね。でも、それが事実かどうかわからないっすよ」

「こいつで煙草でも買ってくれ」

多門はバンダナの青年に一万円札を握らせ、すぐに店を出た。雑居ビルを出ると、文化村通りに向かった。

ネットカフェ『アクセス』はテナントビルの地下一階にあった。店内には二十台前後のパソコンが並び、テーブルが五卓あった。十数人がパソコンに向かって、六、七人の若い男女がテーブル席でコーヒーを飲んでいる。

多門はウェイトレスを手招きした。二十歳前後のショートボブの娘が足早に近づいてきた。

「店の責任者に会いたいんだが……」

「失礼ですが、どちらさまでしょう？」

「おれは大槻玲さんの知り合いなんだ」

多門は探りを入れた。

「えっ、オーナーのお知り合いなんですか」

「やっぱり、この店は大槻さんが経営してたのか」

「ええ、そうです。もっとも表向きの経営者は黒岩《くろいわ》店長ってことになってるみたいですけどね」

「税金対策で、大槻さんはいろいろ知恵を絞ってるんだろう」

「そうなんですかね。わたしは、そのあたりのことはよく知りません」

「だろうな。で、黒岩という店長は？」

「あいにく少し前に親会社に出かけてしまったんですよ」

「親会社って、『宝物オークション』だね？」

「ええ、そうです。店長、きょうは店には戻らないと思います」

ウェイトレスが言った。

「そう。黒岩という店長は、いくつなんだい？」

「三十一か、二だと思います。店長は大槻オーナーがショッピングモール広告会社をやってたときの社員だったそうですよ」

「そうなのか」

「何か店長にお伝えしておきましょうか？」

「いや、日を改めて出直すよ」

多門は言って、ネットカフェを後《あと》にした。ボルボは宇田川町の有料立体駐車場に預けてあった。

二百メートルほど歩き、自分の車に乗り込む。裏通りから明治通りに出て、新宿に向かった。『孔雀』の前の通りにボルボを停めたのは、午後七時五分過ぎだった。

多門はヘッドライトを消し、グローブボックスからラスクとビーフジャーキーを摑み出した。どちらも張り込み用の非常食だった。

非常食を胃袋に収めた直後、チコから電話がかかってきた。

「例の人物がさっき店に来たの。クマさんは、いまどこ？」

「店から少し離れた場所で張り込んでる。大槻は八時ごろまで、そこで飲むつもりなんだろ？」

「ええ。その後、紀尾井《きおい》町の『田じま』という料亭で中国人の外交官を接待することになってるんだって」

「その外交官の名前までは言わなかったんだろうな」

「ええ、そこまではね。クマさん、例の人物はその外交官を抱き込んで銃器を大量に仕入れてるんじゃない？」

「その疑いはあるな。チコ、大槻は渋谷にあるネットカフェの隠れたオーナーだったぜ」

多門は『アクセス』のことをかいつまんで話した。

「その店が拳銃の取引場所になってるのかもね」

「ああ、考えられるな。それから、『アクセス』に来た客に黒岩って店長が拳銃を買わないかって声をかけてるのかもしれねえ」

「そういうセールスの仕方は、何かと危《ヤバ》いでしょ？　だって、店を構えてるわけだから、むやみに客に声をかけたりしたら、店長は手錠打たれることになるかもしれないのよ」

「そうか、そうだな。とすると、やっぱりインターネットを使って拳銃の闇取引をしてるんだろう」

「おそらく、そうなんだと思うわ。その手口がなかなか透《す》けてこないけどね」

「だな。ところで、大槻はどんな車で店に乗りつけたんだ？」

「店にはタクシーで来たの。それで八時になったら、あたしに無線タクシーを呼んでくれって言ってた」

「わかった。大槻はマスコミに登場したころと顔かたちは変わってねえな？」

「ちょっぴり太って、縁《ふち》なしの眼鏡《めがね》をかけてるわ。それから、きょうはサンドベージュのスーツを着てる。革のビジネスバッグは茶色よ」

「それだけわかってりゃ、大槻の尾行に失敗することはねえだろう」

「あたしが彼を見送るから、尾け損《そこ》なうことはないはずよ」

チコが先に電話を切った。

多門はスマートフォンを懐に戻し、煙草に火を点けた。

中国には、共産党中央委員会公安部直営の武器製造販売会社『中国京安器材進出口公司』がある。この会社はトカレフ、マカロフ、ＡＫ47などロシア原産の銃器のパテント生産を多く手がけているが、ほかにも西側のコピー拳銃も製造している。

また同社は、拳銃の売買が合法化されているアメリカのジョージア州に現地法人を設立し、中国でパテント生産された銃器を販売している。

人民解放軍出資の武器製造販売会社『北方工業公司』はカリフォルニア州に『ノーリンコ』、ジョージア州に『ポリーテクノロジー』という現地法人を設けて、せっせと中国製拳銃を売り捌《さば》いている。アメリカの鉄砲店で売られている格安のピストルの大半は中国製だ。

駐日中国大使館の書記官や武官が外交行嚢《こうのう》を使い、本国から数十挺単位の銃器を一度に日本に持ち込むことは実にたやすい。ひとりの外交官が年に十回同じことを繰り返せば、併《あわ》せて数百挺になる。

複数の外交官が〝運び屋〟をサイドビジネスにしている可能性もありそうだ。中国人以外の駐日大使館員たちを仲間に引きずり込めば、大量の拳銃を入手できる。

多門は一服すると、『田じま』のホームページを開き、テレフォンナンバーを調べた。すぐに紀尾井町の料亭に電話をかける。

受話器を取ったのは年配の女性だった。女将《おかみ》かもしれない。

「わたし、大槻の会社の者です」

多門は『宝物オークション』の社員になりすました。

「大槻社長には、いつもお世話になっております」

「いいえ、こちらこそ。うちの大槻は、まだ『田じま』さんには着いてませんよね？」

「ええ、まだお見えになっておりません。大槻社長は八時過ぎにお越しになるとうかがっておりますが……」

「そうですね。ひょっとしたら、今夜の接待相手の楊《ヤン》さんがもう座敷で待たれているかもしれないと思いまして、お電話したわけなんですよ。そうなら、わたしがつなぎで中国大使館の方のお相手をしなければいけませんのでね」

「あのう、楊《ヤン》さんではなく、鄧《トン》さんのお間違いではありませんか？　大槻社長から今夜のお連れさまは鄧相輝《トンシァンホェイ》さまと聞いておりますけど」

「あっ、勘違いしてしまいました。ええ、きょうのお相手は鄧《トン》さんでした。で、鄧《トン》さんは？」

「たったいま、お見えになったところでございます。お庭を眺めたいからと少し時間より早くお越しになったそうです。鄧《トン》さんは、すっかり日本びいきになったようですね」

「ええ、日本の文化にも興味があるようです。そういうことなら、わたしがそちらにうかがっても、かえってご迷惑だろうな。鄧《トン》さんには、わたしのことは黙っててくださいね」

　多門は電話を切り、すぐに杉浦のスマートフォンを鳴らした。

「はい、杉浦です」

「杉さん、おれだよ」

「その後、何かわかったのか？」

杉浦が訊いた。多門は経過を話し、鄧相輝に関する情報を警視庁の公安関係者から集めてくれるよう頼んだ。

「明日は本業の調査はねえから、丸一日、動けるよ。できるだけ早く情報を集めてやらあ」

「よろしく！　謝礼は会ったときでいい？」

「ああ。片手で引き受けてやらあ」

「五千円でいいとは、杉さんも欲がなくなったもんだ」

「どさくさ紛《まぎ》れにゼロを一個落としやがって。ピン札で五万、用意しておきな」

杉浦が笑いを含んだ声で言い、通話を切り上げた。

多門はスマートフォンを上着の内ポケットに戻した。その直後、飛鳥から電話がかかってきた。

「箱根の夜は最高だったわ。でも、クマさんは疲れたでしょ？」

「さすがにちょっとな。でも、3Pは面白かったよ」

「機会があったら、三人でまたプレイしましょうね。ちょっと前まで、朋美さんと電話でお喋りしてたの。クマさんがシャワーを浴びてるとき、わたしたち、スマホのナンバーを教え合ったのよ」

「そうだったのか」

「朋美さんから聞いたんだけど、彼女、御殿場のアウトレットのお店で偽プラダのバッグを摑まされて返品したんだってね?」

「そうなんだよ」

「実は、わたしも偽シャネルのハンドバッグを摑まされたことがあるの」

「同じ店でかい?」

多門は問い返した。

「ううん。わたしはネットオークションでコピー商品を落札しちゃったの。十四万八千円で競《せ》り落としたんだけど、偽シャネルだったのよ。外側やゴールドの鎖は本物そっくりだったんだけど、内側の素材が安い布だったの」

「そのオークションサイトの名は?」

「『宝物オークション』よ。わたし、偽シャネルとわかった時点で、すぐ会社にクレームをつけたの。そうしたら、出品者の電話番号とメールアドレスが変更されてるんで、連絡のとりようがないなんて言われちゃったのよ。オークション会社と出品者がグルになって、偽ブランド品を競りにかけて大儲けしてるんじゃないのかしら? クマさん、どう思う?」

飛鳥が訊いた。

「考えられなくはないな」

「そうだとしたら、れっきとした犯罪よね？」

「ああ、悪質な詐欺《さぎ》だな」

「わたしと同じ被害に遭《あ》った人たちが大勢いるんじゃないのかな。クマさん、わたしと一緒に『宝物オークション』の本社に行ってもらえない？　偽シャネルのハンドバッグ、まだ処分せずに持ってるの。本社は六本木《ろっぽんぎ》五丁目にあるはずよ」

「わかった。明日の午後にでも、二人で乗り込もう。明日の午前中に電話すらあ。そのとき、待ち合わせの場所と時間を決めよう」

多門は先に電話を切った。

ちょうどそのとき、『孔雀』の真ん前に一台の黄色いタクシーが停止した。タクシーのクラクションが短く鳴らされた。少し経つと、ニューハーフクラブからチコと縁なし眼鏡をかけた男が現われた。背広はサンドベージュだった。大槻だ。

チコがこれ見よがしに大槻の頬に唇を押し当てた。大槻が嬉しそうに笑って、チコの耳許で何か囁いた。チコが身をくねらせて、大槻をぶつ真似をした。

大槻がにやにやしながら、タクシーの後部座席に乗り込んだ。チコが少し退《さ》がり、大槻に手を振った。

タクシーが走りだした。

尾灯《びとう》が遠ざかってから、多門はボルボのヘッドライトを点けた。車を発進させ、チコと目顔で無言の会話を交わす。

早くもタクシーは靖国《やすくに》通りに差しかかっていた。多門は徐々にスピードを上げた。

大槻を乗せたタクシーは四谷方面に進み、やがて紀尾井町に入った。多門は三、四十メートルの車間距離を保《たも》ちながら、タクシーを追った。

タクシーは予想通り『田じま』に横づけされた。大槻が慌《あわ》ただしく車を降り、料亭の中に消えた。タクシーが走り去った。

多門はボルボを『田じま』の黒塀の際《きわ》に寄せ、ヘッドライトを消した。黒塀に囲まれた料亭は老舗だったが、それほど大きくなかった。

多門は背凭《せもた》れを一杯に倒し、上体を傾けた。

大槻は拳銃の密売だけではなく、偽ブランド品を海外で大量に造らせているのか。

もう十数年以上前から個人輸入代行を装って、海外から偽ブランド品を密輸する国際通信販売会社が暗躍している。彼らは中国や韓国から偽ブランド製品を密《ひそ》かに輸入し、地方在住の主婦たちに通信販売して、暴利を貪《むさぼ》っているのだ。

数年前に摘発された偽ブランド品通信販売事件の被害者は北海道、宮城、秋田、栃木、東京、神奈川、新潟、富山、京都など一都一道二府十五県にも跨がった。家事や育児に追われているミセスが圧倒的多数だった。

東京税関や横浜税関は不正商品を没収しているが、その数はいっこうに減らない。〝スーパーコピー〟と呼ばれている精巧な偽ブランド品は、税関のチェックに引っかからない場合もあるようだ。

しかし、それでもブランド物詐欺師たちにはまだまだリスクがある。ただ、海外で偽ブランド商品を製造し、外交官を運び屋にすれば、ほとんどリスクはない。

大槻は、あたかも実際に多数の出品者たちが存在するように見せかけ、偽ブランド品をネットオークションで売り捌《さば》いたり、一部のアウトレットショップに卸しているのか。

料亭の前に黒塗りのハイヤーが停まったのは、午後十時過ぎだった。センチュリーだ。

初老の運転手が車を降り、白い手袋を嵌《は》めた手で後部のドアを恭《うやうや》しく開けた。料亭から二人の男が姿を見せた。

ひとりは大槻だった。もう片方は四十年配で、目が攣《つ》り上がっている。鄧《トン》だろう。

二人の男はハイヤーの後部座席に並んで腰かけた。ハイヤーのドライバーが運転席に入った。大槻は鄧《トン》を銀座の超高級クラブにでも連れていくのだろう。

多門はそう思いながら、ハイヤーを追尾しはじめた。

センチュリーは二十分ほど走り、日比谷《ひびや》の帝都《ていと》ホテルに横づけされた。車を降りたのは大槻だけだった。

ハイヤーが車寄せの端に移動する。

大槻が急ぎ足でホテルのロビーに入っていった。誰かをロビーで待たせていたようだ。

数分後、大槻が二十五、六歳の女性を伴《ともな》ってホテルから出てきた。連れは巨乳女優として知られた片野結衣《かたのゆい》だった。

大槻が結衣に何か言った。結衣がハイヤーに歩み寄り、後部座席に乗り込んだ。大槻がハイヤーに向かって頭を下げた。

大槻は鄧《トン》という大使館員に巨乳女優を宛《あて》がったのだろう。怪しい中国人を痛めつけてみるか。

多門は、センチュリーを追うことにした。

ハイヤーが滑るように走りだした。多門はボルボを発進させた。帝都ホテルの前の大通りに出たとき、リアバンパーに着弾音がした。銃声は聞こえなかった。

消音器付きの自動拳銃でタイヤを狙われたようだ。暗がりに人影が見えた。

多門はボルボを路肩《ろかた》に寄せた。センチュリーはみるみる遠ざかっていく。

尾行は中止だ。多門は車を降り、中腰で暗がりまで走った。

だが、そこには誰もいなかった。闇から銃弾も疾駆《しっく》してこない。

「くそったれ！」

多門は靴の踵《かかと》で地面を蹴った。

第四章　暗殺集団の影

1

怒りが爆《は》ぜた。

多門は目に凄《すご》みを溜《た》め、コーヒーテーブルを荒々しく引っくり返した。かたわらに坐った飛鳥が驚きの声を放った。

だが、正面のソファに腰かけた大槻は顔色ひとつ変えなかった。『宝物オークション』本社の応接室だ。

午後三時過ぎだった。

多門は飛鳥とともに談判に来たのである。色の濃いサングラスをかけたままだった。

「わたしどもが出品者と共謀して偽ブランド品を落札させていると疑われているようで

すが、それは言いがかりというものでしょう」

大槻がスラックスの緑茶の染《し》みをハンカチで拭《ふ》きながら、余裕たっぷりに言った。

「このハンドバッグの内側をちゃんと見やがれ」

「何度も拝見しました。そのシャネルは偽造されたハンドバッグですね。しかし、わたしどもが出品者から預かって落札者に届けたハンドバッグは間違いなく正規のシャネル製品でした」

「ちょっと待ってよ。それじゃ、わたしが偽シャネルにすり替えて、クレームをつけに来たと言ってるようなものじゃないの！」

飛鳥が大槻に喰《く》ってかかった。

「そうは申していません。わたしたちは出品された物をオークション前に厳しくチェックしている事実をお伝えしたかったのです」

「そうだとしたら、なんでわたしが偽シャネルを摑まされなきゃなんないのよ」

「その点については、お答えのしようがありませんね」

「とにかく、出品者の代わりに十四万八千円を返してちょうだい」

「それには応じられません。さきほども申しましたように、そのハンドバッグをオークションに出品された方と連絡が取れなくなってしまいましたのでね」

「それじゃ、おたくでは責任を取れないってことね？」

「はい、そういうことになります。当方に非があった場合は、もちろん誠意ある対応をさせていただきます。ですが、今回はこちらには何も落ち度はないはずです。したがって、そちらのご希望には添えかねます」

「そ、そんな……」

「会議が控えていますので、お引き取りいただけませんでしょうか」

大槻が言った。多門は大槻を睨《にら》みつけた。

「詐欺罪で訴えられてえのかっ」

「訴訟を起こしたければ、どうぞお好きなように」

「裁判になったら、時間と金がかかるぜ。すんなり十四万八千円を返してやれや」

「お金の問題ではありません。当社のイメージと名誉を守りたいのです」

「てめえ、殴られてえのかっ」

「殴りたければ、殴ってください。ただし、あなたは恐喝未遂と傷害の容疑で逮捕されることになるでしょう。あそこをご覧ください」

大槻が斜め後ろの壁の上部を指さした。そこには、マイクロビデオカメラが設置されていた。多門は口の中で唸《うな》った。

「あなたがコーヒーテーブルを引っくり返したところは鮮明に映っているでしょう。それから、怒鳴り声も収録されているはずです。裁判沙汰《ざた》になれば、当然、映像と音声を使わせてもらうことになります」

「てめえ！」

「どうされます？　わたしを殴ってみますか。あなたのパンチを喰らったら、わたしの鼻は潰《つぶ》れてしまうでしょうね。それだけで、傷害罪が成立します」

「抜け目のねえ野郎だ」

多門は固めた拳《こぶし》を解いた。そのとき、飛鳥が小声で言った。

「帰りましょう」

「けど、このままじゃ癪《しゃく》だろうが！」

「癪は癪よ。でも、打つ手がないでしょ？」

「まあな」

多門はうなだれた。飛鳥が偽シャネルのハンドバッグを紙袋に入れ、憤然と立ち上がった。やむなく多門もソファから腰を浮かせた。

「このままで済むと思うなよっ」

「そういう脅しも、裁判のときには不利になりますよ」

「なめやがって」

「どうぞお引き取りください」

大槻が歪《いびつ》な笑みを漂わせた。

多門は床に転がった湯呑《の》み茶碗を蹴り、飛鳥と応接室を出た。事務フロアにいる社員たちの刺々《とげとげ》しい視線を浴びながら、二人は出入口に急いだ。五階だった。

表に出ると、多門は飛鳥に詫びた。

「力になれなくて、悪かったな」

「ううん、気にしないで。大槻って社長、強《したた》かそうね」

「そうだな。少し時間をくれないか。必ず奴に頭を下げさせるから。それから、その偽シャネルはおれが十四万八千円で買い取る。道端で金を渡すのもなんだから、どっかでコーヒーを飲もう」

「クマさん、もういいの。ちょっと高い授業料だったけど、いい勉強になったわ。きょうはつき合ってくれて、ありがとう。近いうちに電話するわ」

飛鳥はそう言うと、地下鉄駅に向かって歩きだした。

多門はボルボを駐《と》めてある裏通りに足を向けた。

車のドア・ロックを解いたとき、スマートフォンが懐《ふところ》で震動した。多門はスマートフォンを耳に当て、運転席に坐った。

「おれだよ」

杉浦だった。

「桜田門で情報を集め終えたんだね？」

「ああ。クマ、鄧相輝《トンシァンホェイ》は書記官じゃなく、大使館付きの武官だったぜ」

「武官でも外交官パスポートは使えるんだろ？」

「そうだろうな。それからな、鄧《トン》は二年前まで共産党中央委員会公安部直轄の人民武装警察部隊の幹部だったこともわかった。ということは、公安部直営の『中国京安器材進出口公司』って武器製造販売会社との結びつきもあったと思われるな」

「鄧《トン》は、ちょくちょく母国に帰ってるんだろうか」

「そのあたりのことも調べてみたよ。鄧《トン》は月に一度は中国に戻ってるな。二、三日、向こうにいて、日本に戻ってくるというパターンだな」

「帰国するたびに拳銃を調達して、外交特権を悪用してるんだろうね」

「ああ、おそらくな。中国製トカレフのノーリンコ54が日本の裏社会に出回りはじめたのは一九八八年の後半だが、その後は年間およそ四千挺のノーリンコ54が中国大陸から日本に入ってきてる」

「ざっと数えても、トータルで約十三万六千挺のノーリンコ54が流れ込んだのか。大変な数字だな」

　多門は唸った。

「恐ろしい話だぜ、まったく。それでも、ここ一、二年の密輸量は少なくなってる。日本の水際《みずぎわ》作戦が強化されたこともあるが、ノーリンコ54の値崩れが激しいんで、ブローカーたちが取引量を抑えはじめたんだろう」

「そういう話は、おれの耳にも入ってるよ。それはそうと、大槻が鄧《トン》を抱き込んでる裏付《ウラ》けは取った。昨夜《ゆうべ》、野郎は鄧《トン》に肉蒲団《にくぶとん》をプレゼントしたんだ」

「セックスペットを供したってわけか。どんな女だったんでえ？」

「杉さん、巨乳女優の片野結衣を知ってるよな？」

「おれは山の中で暮らしてる仙人じゃない。巨乳女優のことぐれえ知ってらあ。けど、最近はテレビであまり結衣を見かけなくなったな」

「そうだね。仕事に恵まれなくなったんで、巨乳女優は高級娼婦になったんじゃないか」

「そうかもしれねえな。クマは女好きだから、片野結衣から何か情報を得ようとしてるんじゃねえのか？」

「そう思いはじめてたんだ、実はさ」

「無駄だよ、結衣に接近しても。鄧《トン》がベッドの中で大槻とつるんで悪さをしてることを結衣に話すとは考えにくいな」

「それもそうだろうね。元麻布《もとあざぶ》の中国大使館の近くで張り込んで、鄧《トン》が表に出てくるのを粘り強く待つか」

「クマ、相手は武官なんだ。丸腰じゃねえだろうから、あまり軽く見ないほうがいいぜ」

「そうだな」

「それに、中国大使館には公安刑事たちが張りついてる。そいつらの目も気にしたほうがいいぜ」

「わかってるよ」

「何か新しい情報が入ったら、また連絡すらあ」

杉浦が電話を切った。

多門はボルボのエンジンをかけ、穏《おだ》やかに発進させた。東洋英和女学院のキャンパスの横を通り、元麻布方向に進む。目的の大使館は元麻布三丁目にある。麻布消防署の近くだった。

多門は中国大使館の前をいったん通過し、あたりをゆっくりと巡回してみた。警察車はどこにも見当たらない。

多門はボルボを中国大使館から五、六十メートル離れた路上に停めた。大きな邸宅の生垣《いけがき》の横だった。

多門はサングラスを外した。人通りの少ない通りで張り込む場合は、極力《きょくりょく》、目立たないようにすべきだ。サングラスは、かえって逆効果だった。

張り込みは、ある意味では自分との闘いだ。

焦《あせ》りは禁物である。気長にマークした人物が動きだすのをじっと待つ。それが最も賢いやり方だった。

多門はカーラジオを点け、チューナーをＦＥＮに合わせた。Ｒ＆Ｂ《リズム・ブルース》がかかっていた。オーティス・レディングのヒット曲だった。ラジオの音楽を聴きながら、時間を遣《や》り過ごす。

中国大使館から鄧《トン》が現われたのは、午後五時過ぎだった。大型闘犬の引き綱《リード》を短く持っていた。

犬種はマスティフだった。チベタン・マスティフを先祖犬とするイギリス原産の大型番犬だ。ラテン語で玄関を意味するマスティフは勇敢な闘犬として知られ、古くはライオン狩りに使われたといわれている。

鄧《トン》が連れている犬は短毛で、毛の色はシルバーがかった白色だった。体重は六十キロ近くありそうだ。

鄧《トン》は白いTシャツに青いジョギングパンツという軽装だった。どうやらマスティフを散歩させるようだ。鄧《トン》は大型闘犬とともに歩きだした。

多門は素早くボルボを降り、鄧《トン》を尾《つ》けはじめた。鄧《トン》とマスティフは閑静な邸宅街をのんびりと歩き、有栖川宮《ありすがわのみや》記念公園に入《はい》った。

麻布台地の地形をそのまま活かした自然公園は樹木が多く、丘陵、渓谷《けいこく》、池、滝などがある。都会のオアシスとして利用され、四季折々の花も美しい。

多門は小走りに走り、園内に足を踏み入れた。

鄧《トン》と大型犬は遊歩道をたどり、池のある方向に進んでいる。池は広尾《ひろお》駅寄りにある。その反対側には、中央図書館が建っている。

多門は慎重に追った。

鄧《トン》はマスティフに池を一巡させると、ベンチに腰かけた。大型犬は鄧《トン》の足許に身を伏せた。

多門は、さりげなく周《まわ》りをうかがった。近くに人影は見えない。多門は迂回《うかい》して、鄧《トン》の坐っているベンチに近づいた。すると、マスティフが敏捷《びんしょう》に立ち上がった。

「吼《ほ》えないでくれよな」

多門は大型犬に優しく声をかけた。鄧《トン》が中国語でマスティフに何か言った。北京《ペキン》語か上海《シャンハイ》語かはわからない。早口だった。

マスティフが従順に伏せの姿勢をとった。

「強そうな犬だな」

「昔は牛や熊とも闘えたね。でも、いまはおとなしい。闘犬と呼べなくなったかもしれない。わたし、少し残念よ」

鄧《トン》が幾らか癖のある日本語で言った。

「それじゃ、犬のほうがおれより弱いかな」

「あなた、犬と喧嘩する気か⁉ それ、よくないね」

「てめえを少し痛めつけようと思ってんだよ」

多門は言いざま、鄧《トン》のこめかみを肘《ひじ》で弾いた。

鄧《トン》がベンチから転げ落ちた。マスティフが起き上がって、高く吼《ほ》えた。しかし、跳《と》びかかってはこなかった。

「あなた、乱暴ね。暴力は悪いこと。言いたいことがあったら、ちゃんと口で言う。それが正しいね」

鄧《トン》が身を起こし、攣《つ》り上がった両眼を尖《とが》らせた。

「昨夜《ゆうべ》は、どこで巨乳女優と娯《たの》しんだ?」

「あなた、何言ってる⁉ わたし、誰かと間違えられたみたいね」

「いや、そうじゃねえ。てめえは在日中国大使館の武官をやってる鄧相輝《トンシアンホェイ》だろ?」

「なぜ、わたしの名前知ってる⁉ あなた、警視庁公安部の刑事か?」

「自己紹介は省《はぶ》かせてもらう。とにかく、きのうの夜、そっちは片野結衣とハイヤーで帝都ホテルから走り去った。結衣を提供したのは大槻だなっ」

「大槻って、誰のこと?」

「とぼけやがって。『宝物オークション』の大槻社長のことだよ。そっちは大槻に抱き込まれて、中国本土で調達した各種の拳銃を外交官特権を利用し、日本国内に持ち込んでるなっ。大槻はインターネットを使って、不特定多数の人間に銃器を密売してる。どこか間違ってるかい?」

「全部、正しくないね。わたし、日本で何も悪いことしていない。親しい日本人もいないよ、ひとりもね」

「世話を焼かせやがる」

多門は組みつくと見せかけ、前蹴りを放った。

鄧《トン》がステップバックし、高く跳《と》んだ。数秒後、多門は顎《あご》を蹴られた。鋭い蹴りだった。

鄧《トン》は中国拳法を心得ているようだ。

多門はよろけたが、倒れなかった。

体勢を整えたとき、鄧《トン》が大きく踏み込んできた。多門は鳩尾《みぞおち》に逆拳《ぎゃくけん》を見舞われた。

息が詰まったが、足を飛ばす。空気が大きく揺らいだ。

鄧《トン》の向こう臑《ずね》が鈍く鳴った。すかさず多門は鄧《トン》の急所を蹴った。

鄧《トン》が両手で股間を押さえ、しゃがみ込んだ。

多門は体を斜めにし、横蹴りを放った。鄧《トン》が地べたに転がった。すぐに彼は母国語でマスティフをけしかけた。

大型犬が幾度か吼え、いきなり高く跳躍した。

次の瞬間、多門は左腕に激痛を覚えた。二の腕にマスティフが嚙みつき、ぶら下がっていた。

多門は大型犬を振り落とそうとした。しかし、喰いついて離れようとしない。無理にマスティフを振り回したら、二の腕の筋肉を嚙み千切られてしまう。

多門は視線を泳がせた。

すぐ近くに樫《かし》の巨木があった。多門は樫の大木まで走った。太い幹にマスティフを力まかせに叩きつけた。大型犬が短く鳴いて、どさりと落下した。

「あっちに行け」

多門は怒声を張り上げ、マスティフを蹴ろうとした。

だが、一瞬遅かった。マスティフの鋭い歯が左の脹《ふく》ら脛《はぎ》に突き刺さった。

多門は右脚でマスティフを蹴飛ばそうとした。しかし、躱《かわ》されてしまった。このままでは、傷が深くなるばかりだろう。

多門は自ら転がり、すぐ足を飛ばした。

蹴りはマスティフの脇腹に入った。マスティフが転がった。多門は起き上がり、三十センチの革靴でマスティフの眉間《みけん》を蹴った。

マスティフが喉の奥で唸り、宙で体を丸めた。そのまま遊歩道に落ち、四肢を痙攣《けいれん》させはじめた。口から泡も噴いていた。

多門は振り向いた。

そのとき、鄧《トン》がジョギングパンツのポケットから小さな銃器を取り出した。二連式のデリンジャーだった。全長は十センチそこそこだ。

「あなた、大使館の飼い犬にひどいことをした。中国人、侮辱されたと同じね。わたし、怒ったよ。あなた、撃つ！」

鄧《トン》がデリンジャーの引き金《トリガー》に人差し指を深く巻きつけた。

間合いは三メートル弱だった。多門は身構えながら、鄧《トン》の右肩を見つめた。

少し経つと、鄧《トン》の肩の筋肉がわずかに動いた。多門は横に跳んだ。

短い銃声が聞こえた。放たれた銃弾は多門の頭の上を飛んでいった。

「今度は仕留《しと》める！」

鄧《トン》が間合いを詰めてきた。

多門は本能的に後退した。そのとき、不意にマスティフが躍《おど》りかかってきた。鄧《トン》が二弾目を放った。また命中しなかった。

多門は腰に嚙みついたマスティフを引き剝《は》がし、両手で喉を圧迫した。大型犬は全身で暴《あば》れたが、急に動かなくなった。舌を長く垂らし、白目を晒《さら》している。呼吸はしていなかった。多門は死んだマスティフを投げ捨て、身を起こした。鄧《トン》の姿は搔き消えていた。

多門は公園を走り出た。中国大使館に通じている道を駆けてみたが、鄧《トン》はどこにもいなかった。

もう大使館の中に逃げ込んだにちがいない。鄧《トン》は当分、大使館から外に出ないだろう。

チコに色仕掛けを使わせて、大槻を締め上げるか。

多門は傷の痛みに耐えながら、ボルボに向かって歩《ほ》を進めた。

2

消毒液が傷口に沁《し》みた。

思わず多門は呻き、チコを突き飛ばした。チコの自宅マンションの居間だ。

多門は有栖川宮記念公園から、ここにやってきた。チコが健康管理に気を配っていることを思い出し、マスティフに嚙まれた傷の応急手当てをしてもらいに来たのである。

「おい、消毒液は少しずつ振りかけるもんだ。跳《と》び上がりそうになったじゃねえか」

多門はチコを叱《しか》りつけ、左腕の傷口に息を吹きかけた。二の腕の肉が少し抉《えぐ》り取られているが、縫合《ほうごう》手術の必要はなさそうだ。三、四日で傷口は塞《ふさ》がるだろう。

「クマさん、ひどいわよ。沁みたからって、何もあたしを突き飛ばさなくてもいいでしょうが！」

「考える前に体が動いちまったんだよ」

「もう乱暴はしないで」

チコが起き上がり、長方形に切り取ったガーゼに化膿《かのう》止めの軟膏《なんこう》を塗り拡《ひろ》げた。

「消毒だけでいいよ」

「ううん、駄目！　傷口が化膿したら、大変なことになっちゃうのよ」

「おめえは何でも大げさに考えやがる」

「破傷風《はしょうふう》になってもいいの？」

「言うことがいちいちオーバーだぜ」

「いいから、左腕を浮かせて」

「わかったよ」

多門は言われた通りにした。チコが傷口にガーゼを当て、白い絆創膏《ばんそうこう》で止めた。

左脚の脹ら脛にも、同じ手当てが施《ほどこ》された。

多門は素直にチコに礼を言い、リビングソファに腰かけた。午後六時半を少し回ったばかりだった。

「チコ、大槻に電話してくれ」

「彼を色仕掛けで、どこかに誘い込めってことなんでしょ？」

「ああ、そうだ。大槻を少し痛めつけりゃ、口を割るだろう」

「クマさんは怪我してるのよ。いくら何でも、きょうは無理でしょ？」

「こんな傷、怪我のうちに入らねえよ」

「でも、傷が治ってから大槻を締め上げたほうがいいんじゃない？　鄧《トン》は公園での出来事を当然、大槻に報告したはずよ。だから、大槻も警戒心を強めてると思うの」

「かもしれねえな。けど、大槻はチコとおれが知り合いだとは夢にも思ってねえはずだ。とにかく、野郎に電話してみてくれや」

「わかったわ」

チコが救急箱を片づけ、スマートフォンを握った。

多門はロングピースに火を点けた。通話は数分で終わった。

「獲物は罠《わな》に引っかかったわ。午後八時に六本木プリンセスホテルのロビーで待っててくれって。食事をしたら、葉山《はやま》にあるセカンドハウスに案内してくれるって言ってた」

「そうか。チコ、店の早苗ママに今夜は休むって電話しておけや」

「そうね」

チコがアイコンをタップする。多門は煙草の火を揉み消した。

「あたしです。悪いけど、きょうはお店を休ませて」

「………」

「お腹こわしちゃって、下痢が止まらないの。接客中に何度もトイレに駆け込んだりしたら、興醒《きょうざ》めでしょう？」

「……………」

「ええ、明日は出られると思うわ。はい、ありがとう」

チコが電話を切り、舌を出した。

「きょうの日当は、ちゃんと払うよ。五万じゃ少ねえか？」

「クマさん、お金のことなんか言わないでちょうだい。あたし、クマさんとは損得勘定抜きでつき合ってるんだから」

「わかってらあ。けど、おれは他人《ひと》に借りをこさえるのが嫌いなんだ」

「そんな言い方されると、あたし、悲しくなっちゃうな。クマさんのほうはともかく、あたしはクマさんが死ぬほど好きなの。そんな相手に何かを頼まれるのは、すっごく嬉しいのよ。だから、恩着せがましい気持ちなんかこれっぽっちもないの。なのに、愛情とか厚意をお金で相殺《そうさい》するような物言《ものい》いをされると、自分が惨《みじ》めになっちゃうのよ」

「おれは、ただチコの稼ぎを減らすのは気の毒だと思ったから……」

「お金よりも大切なものがあるでしょうが！　あたし、きょうの日当なんて絶対に受け取らないからね。もしクマさんがお金を出したら、例のこと、みんなに言い触らしちゃうわよ」

「て、てめえ！」

「お金のことを言われて、あたしはとっても傷ついちゃったわ。愛情、友情、人情に損得勘定なんてないはずでしょ？　お金で貸し借りをチャラにしようなんて考え方は不純よ」

「そうは思うが、なるべく他人には迷惑かけたくねえからな」

多門は弁解した。

「だからって、他人の厚意や思い遣《や》りに値段なんかつけちゃいけないのっ。クマさんの悪いところよ、そういうのって」

「そうなんだろうが、つい性分《しょうぶん》でな」

「いますぐに改めるべきね。人間ってさ、所詮《しょせん》ひとりだけじゃ生きられないと思うの。なんらかの形で他人の力を借りてるわけだし、逆に相手を支えてることもあるだろうしね。気持ちには気持ちで応《こた》えるべきよ。あたしは、そういうふうにしてるの」

「チコになんか教えられたよ。確かに、おめえの言う通りかもしれねえな」

「偉そうなことを言っちゃったわ、あたし。なんだか急に恥ずかしくなってきちゃった。クマさん、おかしかったでしょ？」

「そんなことはねえよ。おめえは、しごく真っ当なことを言ってた。からかいじゃなく、大いに勉強になったよ。もう日当のことは口にしねえ。チコの友情に甘えることにすらあ」

「そのうち必ず友情を愛情に変えてみせるわ」

「いまの台詞《せりふ》は聞かなかったことにしよう」

「うふふ。あたし、お風呂に入ってくる。念入りに化粧して、大槻に色気を振りまかなきゃいけないからさ。クマさん、適当に寛《くつろ》いでて」

チコが浴室に足を向けた。

多門は杉浦に電話をかけた。公園でのことを話し、鄧《トン》の動きを探ってくれるよう頼む。

「それじゃ、これから元麻布の中国大使館に行ってみらあ」

「よろしく！　おれはチコに協力してもらって、大槻を締め上げようと思ってんだ」

「クマ、油断しねえほうがいいぞ」

杉浦がそう言い、先に電話を切った。

多門は長椅子に寝そべって、ぼんやりと過ごした。チコは風呂から上がると、念入りに化粧をした。

二人が部屋を出たのは七時二十分過ぎだった。

多門はボルボの助手席にチコを乗せ、六本木に向かった。目的のホテルに着いたのは、八時五分前だった。

「電話するチャンスがあったら、クマさんに連絡するわ」

チコが車を降り、ホテルのエントランスロビーに入っていった。

大槻は自分の車でホテルに来たのだろう。多門はボルボをホテルの駐車場に入れた。

十分ほど待つと、ホテルからチコと大槻が現われた。大槻はチコの腰に片腕を回していた。

二人はメルセデス・ベンツに乗り込んだ。車体の色は、ブリリアントシルバーだった。

ステアリングを握った大槻が穏やかにベンツを発進させた。助手席のチコは大槻に笑
顔を向けていた。

多門はベンツを尾行しはじめた。

大槻の車は外苑東《がいえんひがし》通りに出ると、飯倉《いいぐら》方面に向かった。しかし、長くは走らなかっ
た。ロシア大使館の並びにあるフレンチ・レストランの駐車場に入った。

それほど広い駐車場ではない。多門はボルボを車道の端に停めた。

小一《こ》時間が流れたころ、チコから電話がかかってきた。

「あと三十分ほど経《た》ったら、葉山に向かうことになったの。セカンドハウスは長者《ちょうじゃ》ケ《が》
崎《さき》の浜辺から数百メートル離れた丘の上にあるらしいわ」

「そうか」

「近くに民家も別荘もないって話だったから、クマさんには好都合ね」

「ああ。セカンドハウスに着いたら、大槻を寝室に誘ってくれ」

「言われなくても、わかってるわ。クマさん、なるべく早く来てよ。好きでもない男におっぱいや大事なとこをいじられるのは耐えがたいから」

「チコ、高《たけ》えフランス料理を喰わせてもらったんだろうから、せめて胸ぐらい大槻に揉ませてやれよ」

　多門は軽口をたたいて、通話を終わらせた。

　それを待っていたかのように、着信音が響いた。スマートフォンを耳に当てると、杉浦の声が流れてきた。

「鄧《トン》が巨乳女優とデートしてるぜ」

「二人は、どこにいるの？」

「天現寺《てんげんじ》橋の近くにあるカフェのオープンテラスでお茶してる」

「鄧《トン》は結衣のでっけえ乳房《パイオツ》がよっぽど気に入ったらしいな」

「そうなんだろう。明治通りを少し歩くとホテルがあるから、二人はそこにしけ込むんじゃねえのかな」

「ああ、おそらくね」

「クマ、ちょっと待ってくれ。いま鄧《トン》の奴が結衣に紙袋を手渡したんだ。デパートや宝飾店の包装紙じゃねえとこが、ちょいと気になるな」

「杉さん、ひょっとしたら、鄧《トン》は巨乳女優に婦人用の護身拳銃でもプレゼントしたのかもしれないぜ」

「おれもそう思ったんだ。あっ、二人が立ち上がった。おや、結衣がひとりで先に歩きだした」

「杉さん、現職刑事になりすまして、巨乳女優が受け取った包みの中身をチェックしてみてくれないか」

多門は通話を切り上げた。

ふたたび杉浦から電話があったのは、およそ十五分後だった。

「クマ、おれたちの勘は正しかったぜ。鄧《トン》のプレゼントは、スミス&ウェッソンのエスコートだったよ。バレルブッシングを追加したM61―2のほうだ」

「全長十二センチほどの超小型護身銃だね？」

「そう。巨乳女優は二十二口径弾を十発持ってた。鄧《トン》が何かのときに役立つからって、わざわざプレゼントしたんじゃねえか。武官は、どこの国の拳銃でも簡単に手に入るって自慢してたそうだぜ」

「これで、鄧《トン》が拳銃の運び屋をやってる疑いが一層、濃くなったね」

「だな」

「杉さん、結衣はどうしたんだい？」

「ちょっと離れた所に突っ立ってるよ、いまにも泣きだしそうな顔してな。巨乳女優、おれを悩ませるようなことを言ったんだ」

「ホテルにつき合うから、エスコートを持ってた事実には目をつぶってくれって言われたんじゃないの？」

「さすがは女好きだな。そうなんだ、結衣は真顔でそう言ったんだよ」

「杉さん、いい機会じゃないの。久しぶりに女を抱きなよ。情感の伴わないセックスなら、奥さんを裏切ったことにはならないだろう」

多門は言った。

「クマ、おれを見縊《みくび》るんじゃねえや。女の弱みにつけ込むような人間に見えるかよっ」

「まっすぐ過ぎるよ、杉さんは。結衣を抱くのは一種の人助けじゃないか」

「人助けだと⁉」

「ああ。現職じゃない杉さんができるのは、護身用のポケットピストルを没収するとこまでだ。結衣に手錠《ワッパ》を打つことはできないし、もちろん警察署に引っ張ってくこともできない」

「当たりめえじゃねえか」

杉浦が呆《あき》れたような声で言った。

「結衣は拳銃を没収されるだけで済むとは思っちゃいない。だから、杉さんに裏取引を持ちかけたんだろう。おれが杉さんなら、結衣とホテルに行くね。それで、相手の女の不安が消えるんだ。だから、一種の人助けだって言ったんだよ」

「クマの言ってることは半分だけ理解できらあ。けどな、どう詭弁《きべん》を弄《ろう》したって、相手の弱みにつけ入ることに変わりはねえ」

「どうするかは、杉さんが決めなよ。それじゃ！」

多門は電話を切り、微苦笑した。

杉浦はあれこれ迷うだろうが、巨乳女優と肌を重ねることはないだろう。そういう男だ。

多門は煙草をくわえた。半分近く喫《す》ったとき、フレンチ・レストランから大槻とチコが姿を見せた。すぐに二人はベンツに乗り込んだ。

多門は煙草の火を消した。

大槻の車が通りに出た。多門は尾行の準備に取りかかった。

ベンツは第三京浜道路から横浜横須賀《よこすか》道路をたどり、およそ一時間後に逗葉《ずよう》新道に入った。鐙摺《あぶずり》から国道一三四号線を短く走り、下山口《しもやまぐち》の少し先を左折した。

多門は充分な車間距離を保ちながら、大槻の車を追尾しつづけた。

やがて、ベンツは洒落《しゃれ》た造りの洋風住宅のガレージに入った。近くに民家は見当たらない。周囲は雑木林だった。

車を降りた大槻はチコを白い洋館に導いた。二階家だ。

多門は大槻のセカンドハウスの前を通過し、五、六十メートル先にボルボを停めた。すぐにヘッドライトを消し、煙草を二本喫う。それから多門はグローブボックスの蓋《ふた》を開け、布手袋と特殊万能鍵を摑み出した。

静かに車を降りる。潮騒《しおさい》がかすかに聞こえた。眼下に白い波頭が見える。

多門はゆっくりと引き返し、大槻のセカンドハウスの白い門扉《もんぴ》を押した。石畳を避けながら、芝生の上を歩く。

足音は、ほとんど響かなかった。多門は家屋《かおく》の裏手に回った。

浴室に照明が灯《とも》り、二つの人影が揺れている。どうやら大槻とチコが戯《たわむ》れ合っているらしい。

多門はキッチンの勝手口に近づき、特殊万能鍵でドア・ロックを解除した。そっと家の中に忍び入る。土足のままだった。

多門は抜き足で、階下を歩いた。

居間の横に広い寝室があった。室内は明るかった。ダブルベッドの下には、大槻の衣類が脱ぎ捨てられている。多門はウォークイン・クローゼットの中に身を隠した。中折れ扉の隙間に目を寄せると、寝室の様子がうかがえる。

七、八分待つと、腰に青いバスタオルを巻きつけた大槻が室内に入ってきた。眼鏡はかけていなかった。

少し遅れて、チコが多門の視界に入った。チコはピンクのバスタオルを胸高《むなだか》に巻いていた。股間は見えそうで見えない。

「チコちゃん、早くバスタオルを取ってくれよ。ベッドの上で、体の隅々《すみずみ》まで見たいんだ」

大槻がチコに言った。

「せっかちねえ、社長ったら。ね、チコのこと、本当に好き？」

「好きだよ、大好きだ」

「だったら、あたしの言うことは何でも聞いてくれる？」

「ああ、いいとも。何をして欲しいのかな」

「足の指を一本ずつ優しく舐めて」

チコがベッドに浅く腰かけ、脚を組んだ。

大槻がにやつきながら、チコの足許にひざまずいた。すぐに彼はチコの右足の甲に頬擦りし、赤いペディキュアが施された親指をしゃぶりはじめた。

「全然、愛情が籠《こも》ってないわ」

チコが言い、不意に大槻の顔面を蹴りつけた。大槻が仰向けに引っくり返った。チコは自分がここに隠れていることを知っているようだ。気配で感じ取ったのだろう。

大槻が憤然と身を起こし、チコを大声で詰《なじ》った。

「おまえ、なんてことをするんだっ。売れっ子のニューハーフだからって、いい気になるな！　ベッドに横になって、早く股をおっぴろげろ」

「てめえの腐《くさ》れマラなんか突っ込ませるもんか！」

「な、何だ、その口のきき方は。おまえがおれに抱かれたがったんだろうが」

「おめでたい男ね。あんたは、あたしの色仕掛け《ハニートラップ》に引っかかったの！」

「おまえ、美人局《つつもたせ》をする気だなっ」

「さあ、どうでしょう？」

チコがベッドから腰を浮かせ、寝室の出入口に足を向けた。大槻がチコに組みつく素振りを見せた。

多門はクローゼットの中折れ扉を勢いよく押した。大槻が目を剝《む》いた。

「あんたは昼間、会社にクレームをつけに来たサングラスの男じゃないか⁉」

「記憶力は悪くねえようだな」

多門は大槻の利き腕を肩の近くまで一気に捩《ねじ》上げた。

関節が外れ、大槻がその場に頽《くずお》れた。多門は大槻の腹を片膝で押さえ、手早く今度は顎《あご》の関節を外した。かなり痛いはずだ。

大槻は涎《よだれ》を垂らしながら、顔を左右に振った。言葉にならない唸り声が高く低く洩れてくる。

「しばらくそうしてな」

多門はベッドに腰かけた。

数分後、チコが寝室に戻ってきた。衣服をまとっていた。

「寝室に入ったとき、クマさんの匂いがしたの。それで、クローゼットの中に隠れてるってわかったのよ。だから、あたし、大槻の顔を蹴ってやったの。これから、口を割らせるんでしょ？」

「ああ。チコは見物してな」

多門はチコに言い、大槻のかたわらに屈《かが》み込んだ。顎の関節を元通りにしてやると、大槻は肺に溜まっていた空気をどっと吐いた。眼球は涙で盛り上がっている。

「痛くて苦しかったろ？」

「なんで、こんなひどいことをするんだっ」

「いいから、おれの質問に正直に答えな。嘘をついたら、両腕をへし折って、また顎の関節を外すぜ」

「何が知りたいんだ？」

「てめえは鄧相輝《トンシアンホエイ》に中国で世界の拳銃を調達させて、ネットオークションで不特定多数の一般市民に売り捌いてるな」

「…………」

「どうした？　急に失語症になっちまったか。それじゃ、両腕をへし折ってやろう」

多門は大槻の左腕をむんずと摑んだ。

「やめろ、やめてくれーっ。おたくの言った通りだよ。鄧《トン》が外交官特権を利用して日本に持ち込んでくれた約八百挺のノーリンコ54、マカロフ、ベレッタ、ロッシーなんかをネットオークションで……」

「どんな方法で客を集めてたんだ？」

「ビジネス街や盛り場で『宝物オークション』の社名入りポケットティッシュを配ってるんだ。その中に『あなたの人生を変えられる魔法の商品があります』というミニフライヤーを入れて、暗号でネット掲示板に氏名と連絡先を入力しろと……」

「そんな手を使ってやがったのか。拳銃の密売で、どのくらい儲けた？」

「そっちの儲けは、まだ数千万円だよ」

大槻が口走り、すぐ後悔する顔つきになった。

「別のダーティー・ビジネスもやってるんだなっ。そいつは偽ブランド品の密造販売じゃねえのか？」

「えっ」

「顔色が変わったな」

「………」

「何とか言えや。もう一度、牛みてえに涎《よだれ》をだらだらと流すか。え？」

「言う、言うよ。だから、もう顎の関節は外さないでくれ」

「早く言いな」

「鄧《トン》が北京郊外にある秘密の偽ブランド商品の密造工場で、靴、鞄、衣料品なんかを大量に生産させてるんだ」

「密造工場の建設費用を提供したのは、てめえなんだな？」

「そうだよ。でき上がった偽ブランド品は鄧《トン》が外交官専用の木箱に入れて、日本に運んでたんだ。わたしは『宝物オークション』で社員たちを出品者に仕立てて、偽ブランド品を売ってる。地方のスーパーやアウトレットショップにも卸してるよ」

「そっちでは、どのくらい儲けたんだ？」

「二十数億円は儲けたよ。わたしは前の会社の負債を少しでも減らしたかったんで、悪いこととは知りながら……」

「話が前後するが、赤坂のホテルのラウンジバーで元上司を撃ち殺した江波戸毅という男にブラジル製のリボルバーを売ったことがあるな？」

「事件後、その事実を社員から聞かされて驚いたよ」

「やっぱり、そうだったか。在庫の拳銃や偽ブランド品はどこにあるんだ？」

「月島《つきしま》の貸倉庫にある。おたくに口止め料をやるから、ダーティー・ビジネスには目をつぶってくれないか」

「とりあえず、貸倉庫に案内してもらおうか。商談は、それからだ。早く服を着な」

多門は大槻の利き腕を元通りにし、おもむろに立ち上がった。

ちょうどそのとき、寝室の窓ガラスが割れる音がした。ベッドに果実のような塊《かたまり》が落ちた。手榴弾《しゅりゅうだん》だった。

「逃げるんだ」

多門はチコの手を摑み、居間に逃《のが》れた。

床に伏せたとき、寝室で炸裂《さくれつ》音がした。橙《だいだい》色《いろ》の閃光《せんこう》が走り、大槻の短い叫び声も聞こえた。たちまち寝室は炎と黒煙に領された。大槻は爆死したにちがいない。

多門はチコを促《うなが》し、先に庭に走り出た。逃げる人影が見えた。

「おめえはここにいろ」

多門はチコに言い、すぐさま道路に飛び出した。

だが、動く人影は目に留《と》まらなかった。共犯者の鄧《トン》が刺客《しかく》を放ったのか。それとも、大槻を背後で操《あやつ》っていた人物の仕業《しわざ》なのだろうか。

大槻は拍子抜けするほど呆気《あっけ》なく口を割った。多門は、そのことに何か釈然としないものを感じていた。何か裏がありそうだ。

大槻は拳銃密売や偽ブランド販売組織の単なるダミー首謀者だったのかもしれない。そうなら、黒幕は何者なのか。

大槻の交友関係を洗ってみる気になった。

多門はチコを手招きした。

3

霊柩車《れいきゅうしゃ》が動きはじめた。

青山にある有名な斎場だった。大槻の告別式である。

会葬者は少なくなかった。故人は落ちぶれたとはいえ、かつてはベンチャービジネスの旗手として脚光を浴びていた。それだけに交友範囲も広かったのだろう。

多門は斎場の外れに立っていた。平服だった。

大槻が何者かに殺害された翌日、多門は杉浦とともに刑事を装って『宝物オークション』の本社を訪ねた。そして、居合わせた専務から月島の貸倉庫の所在地を聞き出した。

多門たちは、ただちに月島に車を走らせた。だが、肝心の貸倉庫の中は空っぽだった。密輸拳銃はおろか、偽ブランド品さえ一点もなかった。

倉庫管理会社の話によると、大槻の会社の者だと称する五人の男が朝早く庫内にあった木箱や段ボール箱を一つ残らずコンテナトラックで持ち去ったという。多門たちは『宝物オークション』の本社に取って返し、専務に詰め寄った。

しかし、専務はストック品の持ち出しには関与していなかった。また彼は、社長の大槻に共犯者がいた様子はなかったと首を傾《かし》げた。ほかの社員たちにも当たってみたが、故人の背後に黒幕がいたとは思えないと口を揃《そろ》えた。

だが、現実に大槻が倉庫に隠してあった銃器と偽ブランド品は何者かに持ち去られている。故人に共犯者か黒幕がいたことは、ほぼ間違いない。

商品の調達を一手に引き受けていた鄧《トン》が保身のため、大槻を誰かに始末させて危ない商品も回収したのだろうか。

多門は、遠ざかる霊柩車をぼんやりと眺めた。

沿道を埋めた会葬者が三々五々散りはじめた。多門は左手首のピアジェに目を落とした。

午前十一時十五分過ぎだった。煙草をくわえようとしたとき、上着の内ポケットでスマートフォンが打ち震えた。

セレモニーホールにいる杉浦からの電話だった。

「クマ、会葬者の中に意外な人物がいたぜ」

「そいつは誰なんだい？」

「こっちに来て、自分の目で確かめてみろや」

「そうするよ」

多門は火の点いていないロングピースを爪で弾《はじ》き飛ばし、セレモニーホールに近づいた。

杉浦が多門に気づき、急ぎ足で歩み寄ってくる。向き合うと、元刑事が顎をしゃくった。

「クマ、専務と立ち話をしてるロマンスグレイの七十年配の男に見覚えはねえか?」

「どれ、どれ」

多門は視線を転じた。専務と話し込んでいる七十二、三歳の男は以前何度もテレビで観《み》た記憶がある。しかし、とっさに男の名前は思い出せなかった。

「哲学者の荒巻義直《あらまきよしなお》だよ。早明《そうめい》大学の教授で、数年前まではマスコミにしばしば登場してたじゃねえか」

「ああ、はっきりと思い出したよ。荒巻はマスコミ文化人のひとりで、テレビのコメンテーターとしても活躍してた」

「そうだな。そんな荒巻義直が四年ほど前に急に早明大学の教授の椅子を捨て、マスコミにも一切《いっさい》顔を出さなくなった」

「そういえば、そうだな」

「だいぶ前に荒巻の消息がある週刊誌に載ってたな。その記事によると、兵庫県の山の中にある徳福寺《とくふくじ》とかいう禅寺で坐禅修道を重ねて、一年後に僧侶になったらしい」

「禅寺というと、臨済宗《りんざいしゅう》かい？」

「宗派までは書かれてなかったな。臨済宗、曹洞《そうとう》宗、黄檗《おうばく》宗のうちのどれかだろうな。その三宗を総称して、禅宗といわれてるんだ」

「確か禅宗の始祖は、達磨《だるま》だったよな？」

「クマ、よく知ってるじゃねえか」

「けっ、ばかにして」

「おれは女房が遷延性意識障害で昏睡状態になってから、なぜか宗教の本を読むようになったんだ。それまでは仏教、キリスト教、イスラム教にもまったく関心がなかったんだけどな」

「その話は初耳だよ」

「女房があんなふうになっちまったんで、なんとなく人間の死を意識させられたのかもしれねえ」

　杉浦が言った。

「それじゃ、禅の本も読んだんだ？」

「一冊だけ読んだよ。禅の教旨は、仏教の真髄は坐禅修道で自証体得することによってのみ把握できると説いてるんだ。不立文字《ふりゅうもんじ》、教外別伝《きょうげべつでん》、直指人心《じきしにんしん》、見性成仏《けんしょうじょうぶつ》を標識としてる。六世紀前半に達磨が中国に教えを伝えた後、わが国に……」

「杉さん、講釈はそのくらいで充分だよ」

「おっと、いけねえ。つい余計な説明までしちまったな」

「何かがあって、荒巻は別の生き方をしたくなったようだね」

「そいつは間違いないだろう。西洋哲学にも東洋哲学にも何か違和感を覚えたというよりも、学者でいることに限界みたいなものを感じたんじゃねえのか？」

「杉さん、何か根拠がありそうだな」

「週刊誌の記事によると、荒巻の禅寺には人生に挫折した男たちが何人も入門してるらしいんだ。新左翼崩れ、元エリート官僚、大企業の元役員、それからオリンピックの元射撃選手なんかもいたな」

「荒巻は、人生につまずいた連中に心の拠《よ》り所を与えてるだけなんだろうか」

「クマ、何か言いてえことがありそうだな」

「荒巻が哲学者だったことで、ふと思ったことがあるんだ。半年ぐらい前から大物政治家、老財界人、元エリート官僚たちが謎の暗殺集団に相次いで殺害されたよな？」

「ああ、被害者は併《あわ》せて五人だ」

「どの殺害現場にも、『肥った豚となるよりも痩《や》せたソクラテスたれ！』と書かれたメモが遺《のこ》されてたって報道されてた」

「そうだったな。どの事件《ヤマ》も、未解決のままだ」

「そのメッセージは、確か大昔に東大の学長が卒業生に贈った餞《はなむけ》の言葉だったんじゃなかったっけ？」

「その通りだよ。それから、荒巻は東大出身だな。クマは、荒巻が謎だらけの連続暗殺事件に深く関わってるんじゃねえかと推測したわけか？」

「推測というよりも、勘だね。荒巻は大学教授になって、マスコミ文化人として活躍してた。しかし、何かがきっかけで、自分の生き方があまりにも小市民的なことに思い当たって、愕然《がくぜん》とした」

「荒巻は学長の餞の言葉を思い出して、痩せたソクラテスをめざす気になった？」

「ああ。単なる想像だけどね。団塊《だんかい》の世代は若いころはラジカルだった奴が多かったが、年齢を重ねるごとに日常生活に埋没して、総じて物分かりがよくなっちまった。しかし、心のどこかで牙《きば》を抜かれてしまった自分を恥じてる奴もいるはずだ。おれは、荒巻はそんなひとりじゃないかと思ったんだが、杉さんはどう思う？」

「高齢者になりゃ、誰も人生の残り時間のことを考えはじめるだろう。それぞれが自分や家族のために、がむしゃらに働いてきた。そして、そこそこの財産や社会的な地位を手に入れることはできた。しかし、さまざまな辛さや理不尽な仕打ちに耐えつづけてきた割には報《むく》われることが少ない。自分のこれまでの人生は、いったい何だったのか。そんな虚《むな》しさに襲われてる五十男は案外、多いのかもしれねえな。インテリの荒巻が世の中を少しも変えられなかったことに忸怩《じくじ》たる思いを懐《いだ》いても不思議じゃない」

「そうだよね。だけど、人生の持ち時間がたくさんあるわけじゃない。のんびりと社会改革なんてしてられねえわけだ。そこで、荒巻は負け犬たちと団結して、アナーキーな方法で世直しをする気になったんじゃねえかな」

多門は言った。

「ひょっとしたら、殺された大槻は荒巻の禅寺で修行したことがあるのかもしれねえな」

「そうだったとしたら、一つのストーリーができ上がるな。ベンチャービジネスで大《おお》火傷《やけど》をした大槻は修行中に荒巻の考えに共感して、暗殺集団の活動資金を捻出《ねんしゅつ》する仕事を買って出た。だから、奴は拳銃の密売や偽ブランド品の販売といったダーティー・ビジネスに手を染めた」

「話の辻褄《つじつま》は合ってるな。けど、大槻は金儲けが生き甲斐みたいな男だったんだぜ。ベンチャービジネスで大きな負債を抱え込んだからって、アナーキーな生き方を選び取る気になるか？　ダーティー・ビジネスで荒稼ぎして、借金を清算したら、新規事業に乗り出したいと考えるんじゃねえのかな」

杉浦が異論を唱《とな》えた。

ちょうどそのとき、荒巻が『宝物オークション』の専務に背を向けた。

「おれは荒巻をちょっと尾《つ》けてみらあ」

杉浦が小声で言い、ロマンスグレイの元大学教授の後を追った。多門は専務に歩み寄った。

「立ち話をしてた相手は荒巻義直でしょ？」

「ええ、そうです」

「故人とは、どういう関係なんです？」

「死んだ大槻社長は前の会社を潰《つぶ》したとき、半年ほど荒巻さんの禅寺で修行したことがあるんですよ」

「そうなのか」

「社長は相当な自信家だったんですが、倒産のショックでだいぶ落ち込んでたんですよ。

それで、六甲有馬《ろっこうありま》にある荒巻さんの禅寺を訪ねたという話でしたね」

「そうすると、大槻社長は荒巻氏の弟子みたいなもんだったんだな」

「荒巻先生はどう思っているかわかりませんが、社長のほうははっきりと弟子だと言ってました」

「二人は、ちょくちょく会ってたのかな？」

「社長は商談で関西に出かけるたびに、荒巻先生の禅寺を訪ねてたようですよ」

「それは年にどのくらいだったの？」

「五、六回でした」

「荒巻氏が六本木の会社を訪ねることはあったんだろうか」

「そういうことは一度もありませんでした。ただ、荒巻先生は兵庫から毎月一度、ご家族の住んでる東京の自宅に戻っているようですから、そんなときに社長と会っていたのかもしれませんね」

「荒巻氏は早朝の新幹線で上京したのかな？」

「いいえ、きょうは浜田山《はまだやま》のご自宅からタクシーで斎場に……」

専務が腕時計に視線を落とした。

「お忙しいようだな」

「火葬場に行かなければなりませんのでね」

「あと一つだけ教えてください。大槻社長が鄧《トン》と何かトラブルを起こしたことは？」

「そういう話は聞いたことありませんね」

「そう」

「刑事さん、一日も早く社長を殺した犯人を捕まえてくださいね」

「もちろん、力を尽くします。ご協力に感謝します」

多門は専務に礼を言い、セレモニーホールに背を向けた。会葬者の姿は疎《まば》らになっていた。

多門は、ボルボXC40を駐《と》めてある裏通りに向かった。

車に乗り込んだとき、依頼人の芝山から電話がかかってきた。

「まだ拳銃密売組織が透《す》けてこねえのか？　もっと時間がかかりそうなら、探偵を助手につけてやってもいいぜ」

「いいえ、結構です。芝山さんの商売《バイ》の邪魔をしてた奴がようやくわかりました」

多門は大槻のことを詳しく話した。

「その男が葉山の別荘で手榴弾《パイナップル》で殺《や》られたって記事は、おれも新聞で読んだよ。ベンチャービジネスでしくじったんで、中国人の武官に拳銃を調達させてやがったのか。堅気《ネス》のくせに、大胆なことをやりやがる」

「そうですね」

「で、在庫の拳銃《ドウグ》はどこにあるんだい？　商売の邪魔をされたんだから、うちの組でそっくりいただくことにするよ」

「在庫は月島の貸倉庫に隠してあると大槻が吐いたんですが、そっくり何者かに持ち去られちゃったんです」

「おおかた鄧《トン》とかいう共犯者《レツ》が盗み出したんだろう。警察《サツ》にバレたら、面倒なことになるからな。わかった。組の若い者に鄧《トン》を引っさらわせて、ちょいと焼きを入れてみるか」

「芝山さん、そいつはもう少し待ってください。おれも鄧《トン》を怪しんだんですが、もしかしたら、別の人間が倉庫から密輸拳銃を盗み出させたかもしれないんですよ」

「そいつは誰なんだい？　大槻のバックに関西の組織でも控えてたのかっ」

芝山が色めきたった。

「組長、そうじゃないんです。大槻は、ある暗殺集団と繋がりがあるかもしれないんですよ」

「暗殺集団だって⁉」

「ええ。元大学教授がアナーキスト・グループを率《ひき》いて、政財界人やエリート官僚たちを抹殺した疑いがあるんです」

「そういえば、謎の暗殺集団のことが新聞やテレビのニュースにちょくちょく取り上げられてたな。大槻は、その組織のメンバーだったのか？」

「それは、未確認です。それだから、鄧《トン》を組の若い衆に拉致《らち》させるのは、もう少し待ってもらいたいんですよ。大使館付きの武官に下手なことをやったら、大事になるはずです」

「そうだろうな。鄧《トン》を痛めつけるときは、こっちもそれなりの覚悟をしなきゃな」

「もう少し時間をください。大槻の背後にいる人間がはっきりしたら、すぐ芝山さんに連絡しますんで」

多門はそう言い、先に電話を切った。大槻が偽ブランド品を密造販売していた事実を依頼人に報告する気は、最初《はな》っからなかった。

どんなに親分肌でも、やくざはやくざだ。おいしい儲け話があれば、例外なく首を突っ込んでくる。芝山には服役中に世話になったが、わざわざ強請《ゆすり》の材料まで提供してやることはないだろう。

少し鄧《トン》に張りついてみるか。多門は車を元麻布に向けた。

七、八百メートル進むと、杉浦から電話がかかってきた。
「荒巻はタクシーで浜田山方面に向かってるよ」

「浜田山に荒巻の自宅があるらしいんだ」

多門は、『宝物オークション』の専務から聞いた話を手短に伝えた。すると、杉浦が言った。

「クマ、一度、兵庫の禅寺に行ってみろや。荒巻が黒幕かどうか確かめねえとな」

「そうだね。明日にでも行ってみるよ」

多門は通話を切り上げ、運転に専念した。

4

温泉街が遠ざかった。

夕闇が濃い。

多門は宝塚《たからづか》市内で借りた黒いレクサスを運転していた。レンタカーは割に新しかった。

宝塚から芦有ドライブウェイを走り、ついさきほど有馬温泉に着いたのである。目的地は徳福寺だった。地元の人の話によると、荒巻が住職を務めている禅寺は灰形山《はいがたやま》の中腹にあるらしい。

前夜、杉浦が浜田山にある荒巻の自宅を徹夜で張り込んでくれた。荒巻が早朝に自宅を出て、兵庫に向かったことは確認済みだった。

道なりにレンタカーを走らせていると、前方に六甲有馬ロープウェーの有馬温泉駅が見えてきた。

駅舎の少し手前に山道の入口があった。多門はレクサスを山道に乗り入れた。入口付近は舗装されていたが、じきに砂利道になった。サスペンションが弾み、タイヤが砂利を撥《は》ねる。

多門は車のスピードをやや落とし、直進しつづけた。

やがて、急に視界が展《ひら》けた。山道の際《きわ》が台地状に造成され、そこに徳福寺が建っていた。

軒《のき》の反《そ》りが大きく、花頭窓《かとうまど》や桟唐戸《さんからど》が特徴的だ。唐様《からよう》の建築様式は、宋《そう》の禅寺の影響を受けているのだろう。

本堂の横の庫裡《くり》は大きい。その横にプレハブ造りの宿舎が見える。

暗殺集団のメンバーたちが、宿舎で寝起きしているのかもしれない。

多門はレンタカーを徳福寺の五、六十メートル先に停めた。

あたりに民家は見当たらない。多門は車を降りた。

禅寺の手前の雑木林に足を踏み入れる。多門は横に移動しながら、徳福寺の境内をうかがった。前庭は無人だった。

本堂の裏から男たちの裂帛《れっぱく》の気合が響いてきた。多門は姿勢を低くして、本堂の裏手に回り込んだ。

十数人の男が二人ひと組になって、白兵戦《はくへいせん》の訓練に励んでいた。四、五十代が目立つが、二、三十代の者も混じっている。

教官らしき男は三十代の半《なか》ばで、草色のバトルジャケットを着ていた。筋骨隆々とした体軀《たいく》だった。元自衛官か、傭兵《ようへい》崩れかもしれない。

野戦服をまとった男は各組に攻撃と防御術を身振りを交《まじ》えて教え込むと、煙草をくわえた。

白兵戦のトレーニングは、ほどなく終わった。男たちはプレハブ造りの建物の方に移動しはじめた。

多門も動いた。男たちはプレハブ造りの建物の中にいったん入り、すぐに外に出てきた。それぞれがＡＫ47を手にしている。中国人民解放軍の制式自動小銃だ。フル装弾数は三十発である。

連中が持っているAK47は、鄧《トン》が中国で集めたのではないか。そうだとしたら、大槻は謎の暗殺集団の活動資金の調達係だったのだろう。

多門は巨木の陰に隠れ、男たちの動きを目で追った。

彼らはきびきびとした動作で、地下壕《ごう》の中に入っていった。地面の下に、秘密射撃訓練場があるらしい。バトルジャケットの男が最後に地下壕に降りていった。

少し経つと、自動小銃の連射音が地下壕の出入口から洩れ聞こえた。白い硝煙も漂っている。

荒巻は本堂か庫裡にいるのだろう。多門は雑木林の斜面を滑り降り、徳福寺の境内に入った。

本堂に忍び寄ったとき、庫裡から三人の男が現われた。片方は四十年配で、もうひとりは三十一、二歳だった。

「おい、そこで何をしてるんだっ」

四十絡みの男が多門を咎《とが》めた。

「禅の修行をしたいと思って、ちょっと本堂を覗かせてもらうつもりだったんですよ」

「怪しい奴だ。修行をしたくて訪れたんだったら、まず庫裡に挨拶《あいさつ》をするのが礼儀じゃないか」

「少し迷いがあったんで、先に修行の様子を見たかったんですよ」

多門は言いながら、目で逃げ場を探した。

「おたく、刑事じゃないのか？」
三十一、二歳の細身の男が声をかけてきた。
「違いますよ。おれは東京で飲食店をやってたんだ。しかし、コロナの影響で先月店を閉めちゃったんですよ。禅の修行で自分を見つめ直して、なんとか再出発のきっかけを摑みたいんだ」

「徳福寺のことは誰から聞いたんだ？」

「大槻さんですよ、『宝物オークション』の社長をやってた。知ってるでしょ、彼のことは？」

多門は探りを入れた。

三人の男は顔を見合わせただけで、何も言わなかった。

「荒巻さんはどこにいるのかな。おれ、大槻さんから荒巻さんのことを聞いてるんですよ。大学の先生でテレビのコメンテーターもやってたのに、よく俗世間を棄《す》てられたなあ。おれ、荒巻さんを尊敬してるんですよ」

「おたく、何を嗅《か》ぎ回ってるんだ？」

三十代の男が言いながら、ダンガリーシャツの胸ポケットから銀色の呼び子を抓《つま》み出した。金属製の笛だった。

「嗅ぎ回ってるだって？」

「しらばっくれるな。おたくは警察のイヌなんだろうが！」

「何度言ったら、わかってもらえるのかなあ」

多門は肩を竦《すく》めた。

そのとき、呼び子が高く鳴らされた。本堂と庫裡から次々に男たちが走り出てきた。

地下壕からは、バトルジャケットを着た男が飛び出してきた。

ひとまず逃げるか。

多門は身を翻《ひるがえ》した。斜面を駆け上がり、雑木林に走り入る。

すぐに追っ手の怒号と足音が響いてきた。多門は樹木を縫《ぬ》いながら、後ろを振り向いた。

十五、六人の男が追ってくる。そのうちの三人はＡＫ47を肩に担《かつ》いでいた。多門は距離を稼いでから、楠《くすのき》の巨木の前で立ち止まった。横に太い枝が張り出している。

多門は、そこまでよじ登った。枝の葉は繁っていた。

「どっちに逃げたんだ？」

「わからない。灌木《かんぼく》の陰にでも隠れてる可能性もあるな」

追っ手の男たちが楠の近くで言い交わし、それぞれ別方向に走り去った。それから間もなく、別の男たちが幾人か巨木の横を通り抜けていった。

多門は星の瞬《またた》きがくっきりとするまで動かなかった。

追っ手が次々に引き返してきた。ほどなく男たちは全員、徳福寺に戻った。

それを見届けてから、多門は地上に降りた。

ふたたび禅寺に接近する。雑木林の端まで歩いたとき、折り重なった病葉《わくらば》を踏む足音がした。

多門は身構え、首を捩《ねじ》った。すぐ背後に、バトルジャケットを着た男が立っていた。

多門は背中にＡＫ47の銃口を押し当てられた。

「何者なんだ？」

男が早口で問いかけてきた。

「禅の修行をしたいと思ってる失業者だよ」

「そんな言い訳は、おれには通用しない。おたくは徒者《ただもの》じゃない。暗視望遠鏡《ノクト・スコープ》で林の樹々までチェックしてなかったら、おたくが楠の太い枝の上にいることを見落としてただろうな」

「自衛官崩《エイカン》れかい？　それとも、アフリカか南米で傭兵をやってたのか？」

「どっちでもない。おれはアラブ人の友人に自動小銃の扱い方を教えてもらったんだ。白兵戦のテクニックもな」

「過激派の残党らしいな」

「好きなように考えてくれ」

「五人の政財界人や高級官僚が相次いで暗殺されたが、どの事件《ヤマ》もおめえらの仕業《しわざ》なんだろ？」

「なんの話をしてるんだ？」

「とばけても意味ねえぞ。おれは何もかも知ってんだよ」

多門は、はったり《ブラフ》を口にした。

「何を知ってるというんだ？」

「荒巻義直はアナーキーな手段で世直しをしてる。歪《ゆが》んだ形だが、元大学教授は〝痩せたソクラテス〟になろうってわけだ。世の中を荒廃させた権力者どもをひとり残らず処刑する気なんじゃないのかっ」

「………」

「暗殺集団の活動資金は、大槻が拳銃の密売や偽ブランド品の販売で捻出してた。そうしたからくりが露見しそうになったんで、おめえらは大槻の口を封じた。そうじゃねえのかい？」

「荒巻先生は、大槻の事件にはまったく関与してない」

「それじゃ、おめえが独断で大槻を始末したのか？」

「おれも大槻の事件には関わってない」

「それじゃ、鄧《トン》が大槻を誰かに始末させたのか？」

「鄧《トン》？　そいつは何者なんだ？」

「そこまで空とぼける気か。鄧相輝《トンシアンホェイ》を知らねえとは言わせないぞ。大槻が大量の拳銃を外交官ルートで日本に持ち込ませてた武官のことだ」

「そういう中国人武官のことは知らない。荒巻先生も、多分、ご存じないだろう」

「ふざけんな」

「知らないものは知らないっ。撃たれたくなかったら、言われた通りにしろ。さ、歩くんだ」

後ろの男が銃口で多門の背を小突いた。

多門は足を踏み出すと見せかけ、前のめりに倒れた。両手で巨身を支え、右脚で後ろ蹴りを放った。蹴りは野戦服の男の内腿《うちもも》に入った。膝頭に近い部分だ。そこは急所の一つだった。

男が短く呻き、体をふらつかせた。

多門は体を反転させると、両脚で相手の片脚を挟んで捻《ひね》り倒した。男は自動小銃を握ったまま、横に転がった。多門は跳《は》ね起き、ＡＫ47を蹴り落とそうとした。だが、その前に男が肘《ひじ》を使って上体を起こした。

銃口が向けられた。

多門は横に走った。連射音が響き、足許の土塊《つちくれ》が跳ねる。樹皮の欠片《かけら》も舞った。

自動小銃の弾倉が空になるまで逃げることにした。

多門は雑木林の中をS字に走りはじめた。ほとんど同時に、銃声が熄《や》んだ。野戦服の男はＡＫ47を抱えながら、懸命に追ってくる。

多門は樹木が多い場所を選びながら、徳福寺と逆方向に走った。敵は自動小銃を構えても、狙いを定められないだろう。

三百メートルほど行くと、大きな窪地《くぼち》があった。

多門は、そこに身を潜《ひそ》めた。窪地の縁《ふち》には羊歯《しだ》が垂れ下がっていた。息を殺して、敵を待つ。

何分か過ぎると、野戦服の男が窪地の際《きわ》をすり抜けた。多門は相手の脚を掬《すく》い、窪地の中に引きずり込んだ。すかさず男の腹を蹴り、ＡＫ47を奪い取った。

男が舌打ちした。自分の迂闊《うかつ》さを呪《のろ》ったのだろう。

多門は自動小銃の銃口を男の心臓部に押し当てた。

「形勢が逆転したな」

「さっきの銃声を聞きつけて、おれの仲間たちがじきにやってくるだろう。おたくは、もう逃げられない」

「そうかな。おれは、おめえを弾除《たまよ》けにして禅寺に乗り込む。さっさと立ちな」

「おたくは何か勘違いしてる。荒巻先生は大槻を誰にも殺《や》らせてない」

「そいつは荒巻本人に直《じか》に確かめてみらあ。いいから、立ちな」

「くそっ」

男が毒づいた。

多門は少し退《さ》がった。男が起き上がる。多門は男の後ろに回り込み、ＡＫ47の銃口で軽く腰を押した。

男が歩きはじめた。多門は耳に神経を集めながら、進んだ。

なぜだか、禅寺のあたりは静まり返っている。さきほどの銃声は徳福寺まで届かなかったのだろうか。

百メートルほど進んだとき、野戦服を着た男が急に吹っ飛んだ。

銃声は聞こえなかったが、被弾したことは間違いない。多門は屈《かが》み込み、闇を透かして見た。

動く人影はない。

多門は自動小銃を構えながら、倒れた男の体を揺さぶった。反応はなかった。頸動脈に触れてみた。脈動は熄《や》んでいた。

この男が口を割ることを警戒して、荒巻が手下の者にシュートさせたのだろう。

多門は中腰で一歩ずつ進んだ。

十数メートル歩くと、暗がりの向こうから何かが飛んできた。銃弾ではない。小石か何かだ。

それは、草の上に落ちた。

多門は反射的に音のした方を見た。次の瞬間、自動小銃の銃身から火花が散った。闇の奥から放たれた銃弾がＡＫ47の銃身に当たったのだ。

思わず多門は自動小銃を取り落としてしまった。

そのとき、樹々の向こうから人影が走ってきた。多門はＡＫ47を拾う気になった。手を伸ばしたとき、またもや銃弾が飛んできた。

多門は腕を引っ込め、横に転がった。

「動くと、頭が吹っ飛ぶわよ」

暗がりの奥で、女の声がした。聞き覚えのある声だった。

多門は顔を上げ、目を凝《こ》らした。

黒ずくめの女がゆっくりと近づいてくる。消音器を装着した自動拳銃を握っていた。

多門は声をあげそうになった。黒ずくめの女は、なんと鮫島理沙《さめじまりさ》だった。二十八歳の女殺し屋だ。

以前、多門の女友達の従兄《いとこ》の週刊誌記者が何者かにゴルフクラブで撲殺された。殺された男は、過去の衝動殺人事件を熱心に調べていた。

女友達に泣きつかれて、多門は犯人捜しに乗り出した。そのとき、犯人側に雇われた刺客が理沙だった。なぜか理沙は、標的の多門を撃とうとしなかった。それどころか、雇い主の元法務大臣を射殺し、どこかに消えてしまった。

理沙は翳《かげ》りのある美人だった。多門は理沙にひと目惚れし、すぐさま彼女の後を追った。しかし、ほどなく見失ってしまった。それ以来、女殺し屋のことがずっと気になっていた。

「おれは夢を見てるんじゃねえよな。会いたかったぜ、女殺し屋さんよ」

多門は立ち上がった。すると、理沙が硬い声で告げた。

「一歩でも動いたら、シュートするわよ」

「相変わらずクールだな。夢の島公園で、なぜ、おれをシュートしなかったんだ？」

「依頼人《クライアント》の稲山祥平《いなやましょうへい》のやり方が気に入らなかったのよ。だから、成功報酬を貰わない代わりに、稲山を殺《や》ったわけ」

理沙がサイレンサー付きのグロック17で多門を威嚇《いかく》しながら、ＡＫ47を摑み上げた。弾倉を引き抜くと、彼女は後ろに退《さ》がった。

「今度は荒巻に雇われたらしいな。元大学教授に命じられて、野戦服の男を始末したんだろ？」

「依頼人のことを不用意に喋る殺し屋《プロ》がいると思う？」

「賢いな。美人で頭がよくって、度胸もある。しかし、そっちはなんか無理な生き方をしてるんじゃねえのか」

「男は無口なほうが素敵よ」

「言ってくれるな。ますます惚れそうだ」

「男はノーサンキューだって言ったはずだけど」

「そうだったっけ?」

多門はとぼけてみせたが、別れ際に言われた台詞《せりふ》はちゃんと憶《おぼ》えていた。

「ゆっくり地べたに這《は》いつくばって、両手を頭の上に置いて!」

「それで、おれを撃《ハジ》くつもりかい?」

「お喋りな男はモテないわよ」

「そんなふうに言われると、ぞくっとくるな」

「早く言われた通りにして!」

理沙が焦《じ》れた。多門は命令に従って、腹這いになった。

「大槻玲の背後関係を嗅ぎ回ると、長生きできないわよ」

理沙が言うなり、また九ミリ弾を放った。的《まと》は、わざと外したらしい。弾《たま》は多門から二メートルあまり離れた下生えの中にめり込んだ。

理沙が不意に背を見せて走りはじめた。

多門は起き上がり、女スナイパーを追った。しかし、林の中で理沙の姿を見失ってしまった。あたりを駆け巡ってみたが、どこにもいなかった。

荒巻に近づくことは難しくなった。チコを禅寺に潜《もぐ》り込ませるか。

多門は雑木林から山道に出た。

第五章　女狙撃者《スナイパー》の標的

1

天井から湯気の雫《しずく》が落ちてきた。

有馬温泉の老舗《しにせ》旅館の大浴場である。多門はのんびりと湯に浸《つ》かっていた。午前十一時過ぎだった。

チコを徳福寺に潜《もぐ》り込ませたのは、きのうの午後だ。それから連絡は一度もない。

一昨日、雑木林の中で理沙に撃ち殺された男の正体は、マスコミの報道で知ることができた。野々村透《ののむらとおる》という名で、ある過激派セクトに属していた。享年三十六だった。

野々村は五年前に対立関係にあった過激派組織の幹部の車に時限爆破装置を仕掛け、三人の男女を死なせた。彼は事件を起こした翌日、日本を密出国した。フィリピンの反政府ゲリラの手引きでレバノンに渡り、パレスチナ解放組織に三年ほど匿《かくま》われてから、密かに故国に舞い戻っていた。

きのう多門は東京の杉浦に電話をかけ、野々村と大槻に何か接点があるかどうか調べてくれるよう頼んであった。

理沙は荒巻に命じられて、野々村を消したのだろうか。多門は、ふと自分の直感に自信が持てなくなった。

野々村は、暗殺集団の実行部隊の責任者だったと思われる。荒巻は、片腕ともいえる野々村を簡単に殺させる気になるだろうか。野々村がいなくなったら、実行部隊の統率《とうそつ》がとれなくなってしまう。自分が荒巻なら、殺し屋《プロ》に野々村を始末させたりはしないだろう。

多門はそこまで考えたとき、ごく単純な誤りに気づいた。

一昨日、多門が徳福寺に接近することを事前に荒巻が察知していたとは考えにくい。だとすると、女スナイパーが急に雑木林の中に踏み込んできたこと自体が不可解だ。

どうやら理沙の依頼人は、荒巻ではないらしい。いったい誰が野々村を葬《ほうむ》らせたのか。あれこれ推測してみたが、理沙の雇い主の見当はつかなかった。

多門は、のぼせてきた。

これ以上浴槽に沈んでいたら、湯中《ゆあた》りしそうだ。

多門は大きな湯船から出て、冷たい水を体に掛けた。肌の火照《ほて》りが幾分、弱まった。浴衣《ゆかた》をまとって、脱衣室を出る。大浴場は地下一階にあり、二十四時間いつでも入れるようになっていた。

多門は二階の自分の部屋に入った。控えの間付きの和室だった。

ひと風呂浴びている間に十二畳の部屋はきれいに片づけられていた。前の晩、多門は三人のお座敷コンパニオンを部屋に招《よ》び、大いに盛り上がったのである。

最年長のコンパニオンは三十歳で、女手ひとつで五つの息子を育てているという話だった。四年前に別れた夫は酒乱だったらしい。相手の身の上話を聞きながら、つい多門はほろりとしてしまった。

年増のコンパニオンに十万円のチップをこっそり渡し、午後十一時に先に帰らせてやった。残った二人のコンパニオンととことん飲み、花札に興じ、野球拳も愉《たの》しんだ。彼女たちが引き揚げたのは午前四時過ぎだった。むろん、二人にも相場以上のチップを弾んだ。

きのうは浴びるほど飲んだが、ちょっと喉を潤《うるお》したくなった。

多門は冷蔵庫から缶ビールを二本取り出し、漆塗《うるしぬ》りの座卓に向かった。胡坐《あぐら》をかき、缶ビールのプルトップを勢いよく引き抜く。

最初の缶ビールは、ふた口で飲み干した。思わず声が出た。

生き返ったような心地だった。

二缶めの栓《せん》を抜いたとき、床の間の上に置いてあるスマートフォンに着信があった。

多門はのっそりと立ち上がり、スマートフォンを掴み上げた。

「クマさん、あたしよ」

発信者はチコだった。

「坐禅はどうでえ？」

「足が痺《しび》れちゃって、もう大変よ。でも、自分の内面とまっすぐ向かい合うのもたまには悪くないわね」

「そうか。徳福寺に警察の奴らは？」

「きょうは刑事たちは来てないわ。殺された野々村って男は司法解剖された後、静岡の実家に搬送されたそうよ」

「荒巻の反応はどうだった？」

「きのう、お寺で野々村を悼《いた》む会が開かれたんだけど、荒巻義直は涙ぐんでたわ。ほかの修行者たちもね」

「寺には何人の人間がいるんだ、荒巻を除いて」

「男が二十六人で、女が五人よ。女性たちは主に炊事や家事を受け持ってるみたい」

「おめえは、五人の女たちと同じ部屋で寝起きしてるんだな？」

「クマさん、なに寝ぼけたことを言ってんのよ。どっから見ても、あたしはレディーでしょうが」

「喉仏が尖《とが》ってるけどな。それに、声も低すぎる」

多門は正直に言った。

「五人のうちのひとりに同じことを言われたときは、あたし、どきりとしちゃった。だから、その彼女の前でわざとブラジャーを外してやったの。それで、あたしのことを天然の女と思ってくれたみたい。うふふ」

「野郎どもは、プレハブ造りの建物で寝起きしてるんだな？」

「三分の二ぐらいはね。残りの人たちは、庫裡の大広間で雑魚寝《ざこね》してるわ」

「荒巻は？」

「庫裡の奥座敷を使ってる」

「そうか。チコ、電話で長話をしてても大丈夫なのか？」

「平気よ。あたし、畑に野菜を調達しに来てるの。お寺から少し離れた場所に、畑があるのよ。お米と野菜は自給自足してるんだって」

「で、荒巻がアナーキーな暗殺集団のボスだという証拠は掴んでくれたのか？」

「残念ながら、それはまだよ。でも、クマさんの推測は間違ってはなさそうね。あたし、今朝《けさ》早くごみの片づけをやらされたんだけど、境内の隅にある焼却炉のそばに書き損じのメッセージペーパーの一部が落ちてたの。その紙には、〝ソクラ〟の三文字しか書かれてなかったけど、多分、ソクラテスのことだろうな」

「そうにちがいねえ。チコ、寺にいる修行者たちのことでわかったことは？」

「四、五十代の男性は揃《そろ》って超有名大学を出て、それぞれエリートコースを歩いてたみたい。でも、出世競争に敗《やぶ》れたり、大病したことで、みんな、人生観が変わっちゃったようよ」

「そうか」

「二、三十代の修行者はイデオロギーに絶望したり、社会のシステムに不満を懐《いだ》いてる人たちばかりみたい。それから彼らは、権力や財力を持った連中が国家を私物化してるから、日本の未来は暗いんだとも言ってたわ」

「プレハブ造りの建物や地下壕に入るチャンスは？」

「まだ近づけないの、どちらにもね。だって、たいがい誰か近くに人がいるんだもの。

だから、大胆な行動は取れないじゃない?」

チコが言い訳した。

「そりゃそうだ。チコ、あまり無理するんじゃねえぞ。連中はＡＫ47を何十挺も持ってるんだ。それに、五人の政財界人や元エリート官僚を殺《や》ってる疑いが濃いからな。いざとなったら、平気でチコも始末するだろう」

「クマさん、あんまり脅かさないで。あたし、このまま逃げ出したくなってきたわ」

「ビビるなって。チコを死なせやしねえよ」

「嬉しい！　クマさん、口ではいろいろ言ってるけど、ほんとはあたしを愛してくれてるのね。そうなんでしょ?　照れてないで、この際、告白しちゃいなさいよ」

「話を脱線させるな。おめえを徳福寺に送り込んだ責任があるってことだよ。ほかに意味なんかねえ」

「なあんだ、がっかりだわ。そうそう、肝心なことが後回しになっちゃった。クマさんが泊まってる旅館、坂東《ばんどう》屋だったわよね?」

「ああ。それがどうした?」

「荒巻は毎週水曜日の午後二時ごろ、坂東屋の温泉に入りに出かけてるらしいの。持病の腰痛に坂東屋の温泉がよく効くからって、欠かさずに通ってんだって」

「おっ、きょうは水曜日じゃねえか」

「そうなのよ。それで、坂東屋の大浴場で荒巻義直に迫《せま》ってみる手もあると思ったの。あたしの手引きで徳福寺に忍び込むより、ずっと安全でしょ？」

「そうだな。チコ、荒巻は温泉に入りにくるとき、門弟と一緒なんだろ？」

「坂東屋まで修行者の誰かが車で送り届けてるらしいけど、温泉にはいつもひとりで入ってるんだって。だから、荒巻義直を締め上げる絶好のチャンスなんじゃない？　素っ裸じゃ、逃げるに逃げられないもの。それに、昼間の二時、三時にのんびりと湯に浸かる客も少ないでしょうしね」

「そうだな。それじゃ、後で大浴場に行ってみらあ」

多門は電話を切って、座卓の前に戻った。煙草に火を点け、缶ビールを傾ける。

東京にいる杉浦から電話がかかってきたのは、それから間もなくだった。

「クマ、大槻と野々村には接点があったぜ。野々村の実弟が大槻の大学時代からの友人だったんだ。そいつは勉《つとむ》という名で、中堅商社の『向陽物産《こうようぶっさん》』の社員だよ」

「女スナイパーに殺された野々村透は、弟の友人の大槻にＡＫ47を調達させたんだろうか。もちろん、実際に品物《ブツ》を集めたのは鄧《トン》だろうがね」

「おそらく、そうなんだろう。ただ、荒巻はなぜ大槻と野々村を始末する必要があったのか。その説明がつくかい？」

「杉さん、大槻のほうはともかく、野々村を始末させたのは荒巻じゃないかもしれないんだ。荒巻が野々村を消しても何もメリットはない。それどころか、デメリットばかりだ」

　多門は推測した内容を詳しく語った。

「確かに荒巻はクマが徳福寺に接近することを知ってたわけじゃねえし、野々村がそっちを追うこともわかってなかった」

「そうなんだよ。だから、理沙の依頼人は荒巻じゃないだろうと踏んだんだ」

「クマの推測は正しいと思うよ。女殺し屋は誰に頼まれて野々村透をシュートしたのか。そいつが見えてこねえな」

「野々村は大槻に調達させた自動小銃の代金を払わなかったんだろうか。それで、大槻の相棒だった鄧《トン》が怒って……」

「待てや、クマ。鄧《トン》は武官だぜ。仮に鄧《トン》が野々村に対して面白くない感情を持ってたとしても、わざわざ女スナイパーを雇ったりしねえだろうが？」

「そうだな。その気になりゃ、鄧《トン》はいつでも野々村を自分の手で片づけられる」

「ああ。女スナイパーは荒巻に雇われたんじゃねえな。大槻も手榴弾で吹っ飛ばされてる。そのことから、何か透けてこねえか？」

　杉浦が問いかけてきた。

「てっきり大槻が暗殺集団の活動資金を工面《くめん》するために拳銃の密売や偽ブランド品の販売で荒稼ぎしてると思っちまったが、どうも筋を読み間違えてるようだな」

「ああ、多分な。大槻を背後で操《あやつ》ってた人物が女殺し屋を雇ったことは間違いないだろう。けど、大槻のセカンドハウスの寝室に手榴弾を投げ込んだのは鮫島理沙ではなさそうだ」

「大槻を爆死させて逃げたのは、野郎だと思うよ。そいつの姿をはっきりと見たわけじゃないけどさ」

「女スナイパーは野々村だけを射殺してる。その事実から縺《もつ》れた糸を解きほぐしていくべきだな」

「そうだね」

「もう一つ謎があるな。なんで女スナイパーは射殺シーンを目撃したクマをついでにシュートしなかったんだ？　理沙は危《ヤバ》いとこを見られたんだから、クマを殺《や》っても不思議じゃないぜ」

「確かに、杉さんの言う通りだね」

「女スナイパーは銭《ぜに》にならない殺しは最初《はな》っから手がける気はなかったんだろうか」

「そうとも考えられるが、このおれに惚れたのかもしれないな。半月ほど前も理沙は敵対関係にあるおれを撃たずに、雇い主の元法務大臣を殺《や》って姿をくらましたんだ」

「うぬぼれの強《つえ》え野郎だぜ」

「杉さん、むきになるなよ。女スナイパーに惚れてもらいたいって願望を込めた台詞なんだからさ。それより、鄧《トン》のほうに何かあった？」

多門は話題を変えた。

「これといった動きはないな。その後、巨乳女優とも会ってねえよ」

「杉さん、そういえば、巨乳女優とホテルに行ったの？」

「怒るぜ、クマ！　おれは女の弱みにつけ込むような下衆《げす》じゃねえぞ。護身用拳銃と実包はいただいて、家《ヤサ》に隠してあるけどな」

「やっぱり、思った通りだったな」

「くだらないことを言ってねえで、荒巻のほうの犯罪《ヤマ》についても喋ってくれ」

杉浦が促《うなが》した。多門はチコから聞いた話を伝え、これから荒巻を旅館の大浴場で締め上げる気でいることも明かした。それから数分後に通話を切り上げた。

多門は二本目の缶ビールを空けると、畳の上に寝そべった。

すぐに理沙の残像が脳裏にちらつきはじめた。もともと惚れっぽい性質《たち》だが、多門は女スナイパーにのめり込みそうな予感を覚えた。

若い身空《みそら》で、なぜ殺し屋稼業に身をやつしているのか。

理沙はどこで生まれ、どんな暮らしをしてきたのだろうか。あの冷徹さはニヒリズムがもたらすものなのか。それでいて、理沙は人間臭さも垣間《かいま》見せたりする。

これまでに出会った女たちとは、明らかに異質な存在だった。うっかり理沙に近づいたら、何らかの傷を負わせられそうな危《あや》うさもあった。

そう思いつつも、多門は理沙に接近したいという想《おも》いを捨てられなかった。彼女のことを深く知りたかった。そして、できることなら、自分の手で魅惑的な淑女《レディー》に生まれ変わらせてみたい。

多門は午後二時十分前に身を起こした。

一服してから、部屋を出る。多門は地下の大浴場に降り、脱衣所を覗いた。誰もいなかった。湯船にも人のいる気配はうかがえない。

多門は大浴場の向こうにある巨大なガラスの前に移った。池の側面に強化ガラスが嵌《は》め込まれ、泳ぐ錦鯉を眺められる造りになっていた。

多門は悠然と泳ぎ回る夥《おびただ》しい数の錦鯉を見つつ、時々、大浴場の出入口に目をやった。

十分ほど経ったころ、階段のある方向から年配の男がやってきた。荒巻だった。連れはいなかった。

ポロシャツ姿の荒巻は馴《な》れた足取りで大浴場の脱衣所に入っていった。多門は六、七分過ぎてから、脱衣所に入った。

荒巻の姿はなかった。多門は脱衣所の内錠を掛けてから、手早く裸になった。

腰に浴用タオルを巻き、大浴場の洗い場に入る。荒巻は打たせ湯の最中だった。

多門はカランの前にしゃがみ、ざっと掛け湯をした。それから、湯船に入った。

「こちらにお泊まりのお客さんのようですね？」

荒巻が気さくに話しかけてきた。

「ええ、そうなんです。おたくも、この旅館に……」

「いや、わたしは温泉に入らせてもらってるだけです。長いこと腰痛に悩まされてましてね」

「そりゃ、お辛いだろうな」

「ええ、かなりね。しかし、ここのお風呂に入ると、腰の痛みが薄らぐんですよ」

「そうですか。この近くの方のようですね？」

「ええ、まあ。あなたは東京からお見えになったみたいですね？　わたしも自分の家は杉並《すぎなみ》区の浜田山にあるんです」

「そうなんですか」

多門は言いながら、湯船の中を移動した。

荒巻が打たせ湯を切り上げ、大浴槽の中に体を沈めた。多門はさりげなく荒巻の背後に回り込み、左腕を首に回した。

「き、きみ、なんの真似だっ」

「荒巻先生よ、おれの質問に正直に答えてくれ」

「なぜ、きみがわたしのことを知ってるんだね？」

「先生は有名人だからな。以前はテレビでよく先生の顔を見たよ。早速《さっそく》だが、質問させてもらうぜ。おたく、アナーキーなテロリスト・グループのボスだな。政治家、財界人、高級官僚たち五人を野々村たちに暗殺させた。そうなんだろう？」

「きみは何者なんだ⁉」

荒巻が狼狽し、全身でもがいた。しかし、それは虚《むな》しい抵抗だった。

「先生が過激なやり方で世直しするのは、別に問題じゃない。むしろ、拍手してえぐらいだね。それはそれとして、おれは大槻玲の事件に興味を持ってる」

「きみは大槻君の知り合いなんだな。どう見ても、警察関係者には見えないからね」

「こっちは、ただの風来坊さ。ただ、ちょっと理由があって、誰が大槻に拳銃や偽ブランド品の密売をやらせてたのか知りたいんだよ」

「大槻君がそんなことをしてたのか⁉」

「いまの驚き方が演技だったとしたら、先生は大変な役者だ」

多門は左腕で荒巻の喉を圧迫しながら、右手で相手の肩を力まかせに押し沈めた。

荒巻が湯の中に消えた。すぐに無数の気泡が立ち昇ってきた。

多門はタイミングを計って、荒巻の顔面を湯の中から出した。銀髪は頭皮にへばりつき、耳の穴から湯滴が零《こぼ》れた。

左腕の力を緩《ゆる》めると、荒巻が慌《あわ》てて深呼吸した。

「先生が暗殺集団の活動資金を大槻に工面させてたんじゃねえのかっ」

「大槻君は知り合いだが、彼がどんなビジネスをしてたのか、わたしはよく知らないんだ。彼が拳銃や偽ブランド品の密売をしてたという話は事実なのかね？」

「ああ。大槻は駐日中国大使館付きの鄧《トン》という武官に中国本土で各種の拳銃を調達させ、外交官ルートで品物を国内に運ばせてた。先生、鄧相輝《トンシァンホェイ》を知ってるよな？」

「知らない。そういう名の中国人には一度も会ったことないね」

「大槻に紹介されたはずだがな。先生、忘れちゃったんじゃねえのか」

「こう見えても、わたしは記憶力は悪いほうじゃない。一度でも会ってれば、まず相手のことは忘れないよ。しかし、鄧《トン》という男とは会ったことがない。それは断言できる」

「ま、いいさ。実は一昨日の夕方、こっちは徳福寺に忍び込んだんだ。そして、野々村透が十数人の修行者に白兵戦の訓練をさせてるところを見てる」

「おい、きみは何者なんだ⁉」

「先生、黙って聞けや。地下壕にAK47を持った男たちが降りていくとこも見てるんだ。それから、焼却炉のそばに〝ソクラ〟と書かれた紙切れが落ちてた」

多門はチコから得た新情報も取り混ぜて、揺さぶりをかけた。荒巻は吐息を洩らしたが、何も言わなかった。

「暗殺された五人の殺害現場には、『肥った豚となるよりも痩せたソクラテスたれ！』というメッセージが遺《のこ》されてた。おたくが出た大学の昔の学長が卒業生たちに贈った餞《はなむけ》の言葉だ。そのことを知らないはずはない。紙切れに書かれてた〝ソクラ〟の三文字は、ソクラテスの頭の三字だよな？」

「………」

「最初に言ったように、こっちはアナーキーな暗殺集団にはシンパシーめいたものを感じてる。先生がボスだとわかっても、官憲《かんけん》に売ったりしないよ」

「売りたければ、売りたまえ。わたしは人生を棄《す》てて、非合法な世直しをする気になったんだ。怕《こわ》いものなど何もない」

「潔《いさぎよ》いな。先生みてえに気骨のある漢《おとこ》が少なくなった。カッコいいよ」

「繰り返すが、わたしは大槻君の事件にはまったく関与していない」

「野々村は、こっちの目の前で女スナイパーに射殺された。先生、鮫島理沙に野々村を始末してくれって頼んでねえか？」

「わたしがどんな理由で、野々村君を亡《な》き者にしなければならないんだっ。彼は実行部隊の責任者だったんだ。野々村君が殺されてしまったんで、この先、われわれは腐り切った要人たちを計画通りに抹殺できるか、いささか心許《こころもと》ないんだ。そんな重要な仲間をわたしが誰かに殺させるわけないじゃないか。鮫島とかいう女スナイパーには会ったこともない」

「そうか」

「ついでに教えてやろう。われわれはシンパたちのカンパを闘争資金に充《あ》ててるんだ。大槻君に無心したことは、ただの一度もない」

「先生の言葉に嘘はなさそうだ。大槻は野々村の弟の勉と学生時代の友人らしいんだが、そのことで何か思い当たらない？」

多門は訊いた。

「だいぶ前に野々村君の口から、弟さんが『向陽物産』に勤めてるという話を聞いたことはある。しかし、そのほかのことは何も言ってなかったな」

「大槻の口から、野々村勉と友人だという話は？」

「そういう話は聞いた記憶がないね」

「そうかい。大槻はベンチャービジネスでしくじって、でっけえ負債を抱えた。そんな男が『宝物オークション』の事業資金をどっから引っ張ってきたのかね。先生、そのあたりのことを知ってんじゃないの？」

「名前までは教えてくれなかったが、大槻君はある女実業家が全面的に資金を援助してくれたと言ってた」

「そのほか女実業家の本業とか年齢とかは？」

「そういう細かいことは何も話してくれなかったよ」

荒巻が答えた。

「その女実業家が拳銃の買い付け資金や中国にある偽ブランド製品の秘密製造工場の建設資金を提供したのかもしれねえな」

「それは、きみ自身が調べればいい。とにかく、大槻君と野々村君の事件に関しては当方は潔白だよ」

「五人の暗殺に関しては、クロだと認めるんだな？」

「ああ、それは認めよう。わたしを警察に売るなり、マスコミに売るなり、好きなようにすればいいさ」

「こっちはこの世で密告者がいちばん嫌いなんだ。荒っぽいことをして、悪かったな。罪滅《つみほろ》ぼしってわけでもないが、先生背中を流させてくれねえか」

多門は左腕を浮かせた。

「きみはゲイなのか。だとしたら、相手を間違えたな。わたしには、そういう趣味はない」

「先生、勘違いしないでくれ。おれは女専門だよ」

「純粋にわたしの背中を流すだけなんだな？」

「もちろんさ」

「面白い男だ。それじゃ、背中を洗ってもらおうか」

「おれも先生には興味を持ったよ。湯上がりに、こっちの部屋で酒でも酌《く》み交わすかい？」

「とにかく、背中を流してくれたまえ」

荒巻が勢いよく立ち上がった。

多門は顔一面に湯飛沫《ゆしぶき》を浴び、小さく苦笑した。

2

車内アナウンスが流れてきた。

上《のぼ》りの新幹線はJR新橋駅を通過しかけていた。あと数分で、東京駅に着く。

多門は隣席で居眠りをしているチコを揺り起こした。

「あら、いつから居眠りなんかしちゃったのかしら」

「名古屋から、ずっと眠ってたぜ。昨夜《ゆうべ》は坂東屋で荒巻先生を交えて、派手に飲んだからな」

「ええ、ちょっと飲み疲れね」

チコが居住《いず》まいを正し、手鏡を覗き込んだ。別に化粧は崩れていなかった。

「ご苦労さんだったな。二日分の営業補償はちゃんと払ってやる」

「また、そんなことを言う。水臭いことばかり言ってると、あたし、怒るわよ」

「チコはそう言うが……」

「変な気は遣《つか》ってほしくないわ。あまりクマさんの役に立てなかったかもしれないけど、それなりに有意義だったもの。徳福寺での坐禅修行も勉強になったし、荒巻先生と一緒にお酒を飲めたしね。あの先生が言ってたこと、いちいちうなずけたわ。実際、精神の腐りきった権力者どもをどうにかしないと、この国は再生できないのよね」

「おれも、先生の考えには共鳴できたよ。そのうち、先生の組織にカンパしてやるか」

「あたしもカンパしたくなってきたわ。クマさん、いっそ一緒に組織のメンバーになる？」

「おれは徒党を組むのが苦手なんだ。ひとりで気ままに生きるのが性《しょう》に合ってる。だから、荒巻先生の組織にゃ入らねえ。けど、何かで先生が窮地に立たされたときには、押《お》っ取り刀で駆けつけるよ」

「そうね。そのほうがクマさんらしいわ」

「先生、別れしなに『今度は東京で飲もう』って言ってたな。また会いてえよ」

多門は口を結んだ。

それから間もなく、新幹線は東京駅のホームに滑り込んだ。午後二時過ぎだったが、二人とも昼食を摂《と》っていなかった。

多門はチコを八重洲《やえす》地下街のレストランに誘い、フィレステーキを奢《おご》った。

レストランを出ると、チコはタクシーで自宅マンションに帰っていった。多門は向陽物産の本社を訪ねる気になった。女スナイパーに射殺された野々村透の弟に会えば、何か手がかりを得られるかもしれないと考えたのだ。

向陽物産の本社は大手町《おおてまち》にある。多門は駅のコンコースを抜け、丸《まる》の内側《うち》に出た。そこから、大手町まで歩く。目的地まで六、七分の道程《みちのり》だった。

向陽物産本社ビルの前に、七、八人の中高年の男たちが立っていた。プラカードを高く掲《かか》げ、玄関前に立ちはだかった制服姿のガードマンたちに何か罵声《ばせい》を浴びせている。

「向陽物産は六年連続赤字経営を理由に、一方的に三十二人の社員をリストラ解雇した。明らかに、不当解雇だ。われわれは職場復帰をめざして断固として闘う。高遠《たかとお》社長、そここそ逃げてないで、われわれと話し合ってもらいたい！」

ラウドスピーカーから怒りを含んだ声が洩れてきた。

青い制服に身を包んだガードマンたちが目配せし合って、プラカードを持った男たちに走り寄った。双方が揉《も》み合っている隙に、多門は玄関ロビーに走り入った。

左手に受付があった。多門は懐から模造警察手帳を取り出し、若い受付嬢に短く呈示《ていじ》した。受付嬢が緊張した面持《おもも》ちになった。

「兵庫県警の者ですが、野々村勉さんにお目にかかりたいんですよ」

多門は言った。

受付嬢が短い返事をし、すぐに電話機の内線ボタンを押した。多門は受付カウンターから少し離れた。遣《や》り取りは短かった。

「野々村はすぐに参りますので、どうぞあちらでお待ちください」

受付嬢がロビーの奥にある応接ソファセットを手で示した。多門は笑顔でうなずき、ソファに腰かけた。

待つほどもなくエレベーターホールの方から、三十代の長身の男が現われた。目のあたりが死んだ野々村透に似ている。弟の勉だろう。

「お待たせしました。野々村勉です」

「お仕事中に申し訳ない。亡くなられたお兄さんのことで、ちょっと話を伺わせてほしいんです」

「警察の方には、もう兄のことを話しましたが……」

「まだ犯人の絞り込みができてないんですよ。それで、再度、聞き込みをすることになったわけです」

多門は、もっともらしく言った。

野々村が無言でうなずき、多門の正面に腰を落とした。

「あなたは、先日、葉山のセカンドハウスで殺された大槻玲さんと学生時代からの友人だったそうですね？」

「ええ、そうです。大槻があんな死に方をしたんで、びっくりしました。大槻は事業欲が旺盛でしたが、決して悪い人間じゃありませんでした」

「あなたは大槻さんが裏で非合法ビジネスをやってたことをご存じだったんでしょ？」

「いいえ、何も知りません。大槻はどんな裏ビジネスをやってたんです？」

「拳銃と偽ブランド品の密売ですよ」

多門は詳しい話をした。

「あいつがそんなダーティー・ビジネスで荒稼ぎしてただなんて、なんか信じられません」

「大槻玲は誰かのダミーとして非合法ビジネスをやってた疑いがあるんですよ。あなた、その黒幕に見当はつかないかな？」

「思い当たる人物はいません。大槻とは年に五、六回は一緒に飲み喰いしてましたが、お互いに仕事に関する話はしなかったんです。ですから、大槻の事業内容も詳しくは知りませんでしたし、彼の人脈も……」

「そうですか。ところで、あなたのお兄さんは大槻玲と面識がありましたね？」

「ええ。大槻は学生時代、わたしの実家に何度も遊びに来ましたんでね。兄の透のことはよく知ってるはずです」

「お兄さんが六甲有馬の徳福寺という禅寺に身を潜《ひそ》めてたことは？」

「ええ、知ってました。兄から一度、電話がありましたから。パレスチナから日本に密入国して国内を転々とした後、その禅寺で世話になってると言ってました」

「お兄さんが暗殺集団の一員だったことは？」

「えっ、まさか⁉」

野々村の声が裏返った。

「透さんは、そこまでは話さなかったのか」

「刑事さん、兄はどういうテロリスト・グループのメンバーだったんでしょう？」

「それは知らないほうがいいでしょう。もう透さんは他界されてますんでね」

「しかし……」

「捜査内容については、外部に漏らしてはいけないことになっているんですよ」

多門は暗殺集団のことを明かす気はなかった。妙に波長の合った荒巻のことに触《ふ》れたくなかったからだ。

「やっぱり、兄は闘争とは縁を切れなかったんだな。電話では、ひっそりと禅寺で生きていくよと言ってたんですがね」

「そうですか。それはそうと、あなたのお兄さんは大槻玲に頼んで数十挺の自動小銃を手に入れた疑いがあるんです」

「ほんとですか⁉」

「まだ確証は摑んでいませんが、その容疑は濃いと思います」

「さきほどの刑事さんの話ですと、大槻は鄧《トン》という名の中国人武官に銃器を調達させたんでしたね？」

「ええ」

「大槻と兄の二人が相前後して殺された事実を考えると、銃器の調達役の鄧《トン》という男が自分の不正を隠す必要に迫られて……」

「最初はわれわれも鄧《トン》を疑いました。しかし、彼は危ない橋を渡る覚悟で大槻玲に銃器を提供してたはずです。母国で悪事がバレそうになったら、それを握り潰《つぶ》す自信もあったんでしょう。また、日本の捜査機関は外交官特権を持つ鄧《トン》には手を出せません。そういうことを考え併《あわ》せると、鄧《トン》が二人を手にかけたとは思えないんですよ」

「そうおっしゃられると、そんなふうにも思えてきました。大槻や兄を殺したのは、いったい誰なんでしょう？」

「おそらく大槻にダーティー・ビジネスの資金提供をした奴の仕業《しわざ》でしょう。大槻は『宝物オークション』を興《おこ》すとき、ある女実業家から資金援助してもらったという情報を入手したのですが、あなた、そのあたりの話を聞いてませんか？」

「わたしは大槻から何も聞いてません。彼は負けず嫌いでしたから、自分の弱点や恥を晒《さら》すようなことは……」

「そうですか。ところで、表で何か騒いでましたね」

「リストラ解雇された元社員の一部が職場復帰させろって騒いでるんです。彼らの言い分もわかりますが、うちの会社も青息吐息《あおいきといき》なんですよ。これからも、人員の削減はやむを得ないでしょうね」

「五十歳以上の社員はリストラの対象にされてるのかな？」

「いいえ、四十五歳以上の社員はすべてリストラの対象になっています」

野々村が溜息混《ま》じりに言った。

「それは厳しいな」

「三年前に小社の水産部がインドネシアやタイの沿岸に海老《えび》の養殖池をたくさん作って、ブラックタイガーの価格破壊で勝負に打って出ようとしたんです。しかし、せっかく大きく育て上げたブラックタイガーが病気にかかって大量死してしまったんですよ」

「そんなことがあったんですか」

「大手商社や準大手にしてみれば、たいしたダメージにはならないのでしょうが、うちの会社には屋台骨《やたいぼね》を揺るがすような損失額でした。この低迷状態から早く脱しないと、会社は倒産に追い込まれることになるでしょう。中高年社員のリストラは苦渋の選択だったんですよ」

「去るも地獄、残るも地獄ですか？」

「まさに、その通りです。わたしはまだ独身だから、所帯持ちの社員よりも少し心理的には楽ですけどね」

「何かと大変だな。お互いに頑張りましょう。ご協力に感謝します」

多門は腰を上げ、表に出た。

リストラ解雇された元社員たちの姿は見当たらなかった。ガードマンたちが本社ビル前に立ち、あたりに目を光らせている。

多門は車道に降り、タクシーの空車を拾った。

タクシーに乗り込んだとき、路肩に駐《と》めてある白いクラウンの運転席に三十歳前後の男があたふたと乗り込んだ。灰色の背広を着て、きちんとネクタイも結んでいる。

男は、自分が向陽物産に入るときに玄関の近くで見かけた。目が合ったら、慌《あわ》てて視線を外した。どうも気になる男だ。

多門は胸底で呟いた。

タクシーが走りだした。多門は、さりげなく振り返った。クラウンは追尾《ついび》してくる。

尾行者かどうか確かめてみることにした。

多門はタクシーを地下鉄日比谷線の際《きわ》に停めさせた。

「確か代官山までとおっしゃいましたよね？」

中年のタクシー運転手が訝《いぶか》しそうに問いかけてきた。

「急に用事を思い出したんだ。悪いな」

「いいえ」

「釣りは取っといてよ」

多門は一万円札を渡し、タクシーを降りた。運転手が何度も礼を言ってから、オートドアを閉めた。

多門は視線を巡《めぐ》らせた。不審なクラウンは少し離れた場所に停まっていた。運転手の男は、わざとらしくナビゲーションの画面を覗き込んでいる。

やはり、尾《つ》けられているようだ。

多門は地下鉄の階段をゆっくりと下《くだ》り、物陰に隠れた。

一分ほど待つと、クラウンに乗っていた男が階段を駆け降りてきた。切符売り場に目をやってから、改札に走った。

多門は男の前に姿を見せたい衝動を覚えた。しかし、それは賢明ではないだろう。相手が素直に正体を明かすとは限らない。

多門は、じっと動かなかった。

三十男は駅の周辺を巡ると、引き返してきた。忌々《いまいま》しげな表情だった。

正体不明の尾行者は階段を駆け上がって、地上に出た。多門は大急ぎで階段を昇った。

ちょうど昇りきったとき、白いクラウンが発進した。

多門は中腰で車道に寄った。運よくタクシーの空車が通りかかった。その車を拾い、前を走るクラウンを追ってもらう。タクシードライバーは初老の男だった。

「もしかしたら、探偵社の方ですか？」

「うん、まあ」

「不倫の調査でしょうか？」

「黙って運転してくれねえか」

多門は顔をしかめた。運転手が首を竦《すく》め、口を噤《つぐ》んだ。

クラウンは数十分走り、ＪＲ五反田《ごたんだ》駅の近くにある八階建てビルの地下駐車場に消えた。多門はビルの前でタクシーを降り、表玄関に目をやった。『東京パーソンバンク』という社名が掲《かか》げられている。

多門は裏通りに入り、杉浦に電話をかけた。

「この電話、兵庫からかい？」

「いや、もう東京に帰ってきたんだ」

「チコも一緒だったのか？」

杉浦が訊《き》いた。多門は経過をかいつまんで話した。

「クマを尾《つ》けてた奴は、『東京パーソンバンク』って会社の社員なんじゃねえかな。いま、事務所にいるんだ。その会社のことをちょっと調べてやらあ」

「それじゃ、十分後に電話をかけ直すよ」

「いや、こっちから電話する」

杉浦が電話を切った。

多門は表通りに戻り、ロングピースをくわえた。煙草を吹かしながら、『東京パーソンバンク』に目をやる。社名から察すると、人材派遣会社だろう。

人材派遣会社の社員と思われる男が、なぜ自分を尾行したのだろうか。もしかしたら、『東京パーソンバンク』の経営者は女なのかもしれない。そして、その女社長が大槻のスポンサーとも考えられる。多分、そうなのだろう。だから、クラウンの男がこちらの動きを探《さぐ》っていたにちがいない。

　多門は、そう思い当たった。

　杉浦から連絡が入ったのは、それから数分後だった。

「クマ、その会社は人材派遣会社だったぜ。社長は安楽弓恵《あんらくゆみえ》って女で、三十六歳だな。会社設立は九年前で、主に準大手と中堅商社のヘッドハンティングをやってる」

「やっぱり、女社長だったか。荒巻義直の証言によると、大槻は『宝物オークション』を興すとき、誰か女実業家から開業資金を引っ張り出したらしいんだ」

「それじゃ、安楽弓恵って女社長が大槻の黒幕臭《くせ》えな」

「おそらく、そうなんだろうよ。女社長はおれが大槻の周りを嗅ぎ回ってることに気づき、誰かに大槻を爆殺させたんだろう。むろん、このおれも始末しろと言ったんだと思うな」

「けど、殺し屋《プロ》が失敗《ドジ》を踏んじまった？」

「ああ、多分ね。で、女社長はそいつをお払い箱にして、新たに理沙を雇ったんじゃないか。そして、野々村をシュートさせたんだろう」

「クマ、野々村が殺された理由については？」

「いま直感めいたものが閃《ひらめ》いたんだが、野々村は大槻のスポンサーが女社長だってことを見破って、彼女を強請《ゆす》ったんじゃないのかな。暗殺組織へのカンパを要求したのか、単に個人的に銭が欲しかったのかどうかははっきりしないけどさ」

多門は言った。

「一応、話の辻褄《つじつま》は合ってるな。けど、なんかすっきりしねえな」

「どこが?」

「偽ブランド品でひと儲けしようというのは女の発想だと思うが、拳銃の密売は男の着想なんじゃねえのかな」

「そのプランは大槻が出したんだろう」

「大槻でもおかしくはないんだが、奴はベンチャービジネス屋だった。鄧《トン》との接点が弱いと思わねえか?」

「杉さんは要するに、真の首謀者は安楽弓恵の後ろにいる奴かもしれねえと言いたいわけだ?」

「まあ、そうだな。しかも、その首謀者は海外の人間と接する機会が多い人物だったんじゃねえのか。たとえば、外交官とか商社の海外駐在員とかな」

「商社か……」

「クマ、何か思い当たったんだな？」

杉浦が早口で訊いた。

「野々村透の弟は、『向陽物産』がそのうち倒産の危機に晒《さら》されるかもしれないとぼやいてたんだ。商社はバブル全盛のころに土地や株に巨額を注《つ》ぎ込んで、どこも大火傷《やけど》したにちがいない」

「だろうな。連中は金の亡者《もうじゃ》だから。商社は政府が発展途上国に回したＯＤＡの金を公共事業とか都市整備なんて名目で、巧《たく》みにそっくり吸い上げてる。水産物や衣料品も安く買い叩いてるよな」

「大手商社だってあこぎなビジネスをやってるんだからさ、経営が危なくなってる中堅商社が非合法ビジネスに手を染める気になっても不思議はねえだろう」

「クマ、安楽って女社長をちょっとマークしてみろや」

「ああ。いったん塒《ねぐら》に帰って、車で張り込んでみるよ」

多門は電話を切り、目でタクシーの空車を探しはじめた。

3

地下駐車場から外車が走り出てきた。

真紅のポルシェだった。ステアリングを握っているのは、三十五、六歳の女性だ。安楽弓恵だろう。

多門はダッシュボードの時間を見た。午後八時過ぎだった。

ポルシェは高輪台《たかなわだい》方面に向かった。多門はボルボを発進させた。赤いドイツ車は夜でも目立つ。見失うことは、まずないだろう。

ポルシェは桜田通りを直進し、やがて六本木に入った。女性社長は黒幕と会うことになっているのか。

多門は尾行しながら、ミラーを神経質に覗いた。不審な車は追ってこない。

ポルシェは、『宝物オークション』の前に停まった。三十五、六歳の女は車を降りると、馴れた足取りで大槻の会社に入っていった。

大槻は名目だけの社長で、『宝物オークション』の実質的な経営者は安楽弓恵だったのだろう。

多門はポルシェの数十メートル後方に自分の車を停め、ロングピースをくわえた。

一服し終えたとき、女友達の木沢朋美から電話がかかってきた。

「クマさん、わたしの知り合いが何人もディスカウントショップや郊外のアウトレットモールで偽ブランド品を摑まされたの。きっと大がかりな偽造組織があるんだわ」

「そうなんだろうな」

「そうした悪質な連中を野放しにはしておけないわよね？」

「そうだな」

「被害に遭《あ》った人たちはそれぞれ買った店にクレームをつけに行ったらしいんだけど、まともに取り合ってもらえなかったんだって。クマさん、悪いんだけど、知り合いたちの力になってもらえない？」

「いいよ。けど、すぐには動けそうもないな。ちょっと仕事が忙しくなったんだよ。だから、何日か先じゃないと、動けないいんだ」

「それでもいいわ。それはそうと、今夜、わたしのマンションに泊まりに来ない？　トリプルプレイは刺激的だったけど、やっぱりノーマルなセックスが一番だと思い直したの」

「そのほうが健全だよ。セックスを単なるプレイと割り切ったら、どうしても情愛が薄れるからな」

「ええ、そうよね。ところで、都合はどうかしら？」

「必ず駒沢のマンションに行くとは約束できないが、できるだけ朋美ちゃんに会えるようにするよ。ただ、真夜中になるかもしれないな」

「それでも、わたしのほうはかまわないわ」

「わかった」

多門は電話を切った。ほとんど同時に、着信音が響きはじめた。

発信者は荒巻だった。多門は別れ際に荒巻に自分のスマートフォンのナンバーを教えてあったのだ。

「先生、昨夜《ゆうべ》の酒はうまかったよ」

「わたしも久しぶりに寛《くつろ》げた。きみとチコちゃんに礼を言わなければね」

「東京に帰ってきたときは、絶対に連絡してほしいな。おれ、必ずつき合うから」

「ありがとう。実は、野々村君のことで電話したんだよ。彼が目をかけていたメンバーから聞いた話なんだがね、野々村君はそう遠くない日に少しまとまった軍資金が入るかもしれないと言ってたらしいんだ」

「野々村は誰かを強請《ゆす》ってたようだね」

「わたしも、そう直感したんだ」

「先生、野々村はＡＫ47をどこで手に入れたんだい？」

多門は訊《たず》ねた。

「ベイルート在住の武器商人から買うと言ってたが、わたし自身は売り手とはまったく接触してないんだ。野々村君に武器の調達を任せてあったんでね」

「先生、おそらく野々村は弟の友人の大槻玲から自動小銃を買ったんだと思うよ。それで、大槻のバックにいる人物に口止め料を要求したんだろう」

「だから、野々村君は殺されることになってしまった？」

「多分、そうなんだろうね。その黒幕は大槻も誰かに始末させたんじゃないかな」

「きみの言った通りだとしたら、野々村君はわたしの顔に泥を塗ったことになるな。わたしは害にしかならない権力者たちは抹殺すべきだと考えてるが、恐喝や強請《ゆすり》といった薄汚い犯罪はやりたくないと思ってる」

「先生、別に野々村は私利私欲から銭を脅し取ろうとしたんじゃないと思うんだ。あくまでも組織の活動資金が欲しかっただけなんじゃないのかな」

「それは、きみの言う通りだろうね。しかし、われわれのシンパたちは額《ひたい》に汗して稼いだ金の一部をカンパしてくれてるんだ。汚れた金を組織の闘争資金に充《あ》てるのは抵抗がある」

荒巻が言った。

「先生は育ちがいいから、そんなふうに潔癖《けっぺき》に考えるんだろうが、金は金だよ。きれいも、汚いもないって」

「そうだろうか」

「野々村は組織のためを思って自ら汚れ役を買って出たんだろう。その心意気というか、俠気《おとこぎ》というのか、そのあたりのことを評価してやらないとね」

「きみには教えられたよ。わたしはつい自分の面子《メンツ》を考えてしまったが、まず野々村君がどんな気持ちで恐喝めいたことをしたのかを考えるべきだった」

「元大学教授に偉そうなことを言っちまったが、人を束《たば》ねる立場にある者にはそういう気遣いが必要なんじゃないの？」

「多門君、きみは大物だ。これからは、きみを人生の師と仰《あお》がせてもらおう」

「先生、からかわないでよ」

「いや、わたしは大真面目《おおまじめ》だ。禅の修行で人間の本質がわかったような気になってたが、わたしはまだまだ未熟者だね」

「何をおっしゃるウサギさん……」

「多門君、一度、徳福寺で禅問答をやってくれないか。きみは、きっと真も善も美もわかってるはずだ。多門君こそ偉大な哲学者だよ。それに引き換え、わたしはこの年齢《とし》までいったい何を学んできたのか」

「先生、やめてくれないか。尻《けつ》の穴がむず痒《がゆ》くなってきたから、またね」

多門は一方的に電話を切った。

それから間もなく、安楽弓恵と思われる女が『宝物オークション』のオフィスから出てきた。すぐに彼女はポルシェを走らせはじめた。

多門は尾行を再開した。

真紅のドイツ車は赤坂見附《あかさかみつけ》を抜け、四谷見附で新宿通りに入った。新宿の料理屋でビッグボスと会うことになっているのか。

予想は外れた。ポルシェは西武新宿駅に隣接するシティホテルの地下駐車場に潜《もぐ》った。

多門もボルボを広い駐車場に入れ、ポルシェから少し離れた場所に収めた。

マークした美女はポルシェを降りると、エレベーターホールに向かった。多門は急いでボルボから出た。

美しい女はエレベーターには乗らなかった。階段を使って、一階ロビーに向かっている。

多門は階段の下まで駆け、抜き足でステップを昇った。

美女はフロントの横にあるティールームに入り、隅のテーブル席に着いた。ガラス張りの店だった。店内の様子は手に取るようにわかる。客の姿は疎《まば》らだった。

多門はロビーのソファに腰かけた。

そのとき、ティールームの軒灯に店の電話番号が記《しる》されていることに気づいた。上着の内ポケットからスマートフォンを取り出し、ティールームに電話をかけた。

受話器を取ったのは、二十歳《はたち》前後のウェイトレスだった。

「お客さんの中に、安楽弓恵という女性がいるはずなんだ。申し訳ないが、ちょっと電話口まで呼び出してくれないか」

多門は言った。

「失礼ですが、お名前をもう一度うかがえますか。確か安西《あんざい》さまでしたよね?」

「いや、安楽だよ。わたしは、『東京パーソンバンク』という会社の社員なんだ。そう言ってもらえば、わかるはずだよ」

「少々、お待ちください」

ウェイトレスが電話機から離れ、店内にいる客たちに声をかけはじめた。少し経つと、ポルシェを運転していた女性が立ち上がった。

多門は幾らか体の向きを変え、スマートフォンを握り直した。

「はい、安楽です。誰かしら？」

「事情があって、名乗るわけにはいかねえんだ」

「ど、どなたなの⁉」

「大槻のセカンドハウスの寝室に手榴弾を投げ込ませたのは、そっちなんだろう？」

「…………」

「びっくりして、声も出ないようだな。そっちは大槻をうまく乗せて、拳銃の密売と偽ブランド品の販売で荒稼ぎした。図星だろ？」

「おかしな言いがかりはやめてください」

弓恵が乱暴に受話器をフックに返し、自分の席に戻った。いつの間にか、テーブルにはコーヒーが届けられていた。

美人社長は落ち着かない様子だった。細巻き煙草に火を点け、二、三度深く喫《す》いつけた。

あの狼狽ぶりは図星を指《さ》されたからだろう。やはり、自分の勘は正しかったようだ。

多門はスマートフォンを懐に戻した。

その直後、美人社長の席に近づく人影があった。なんと鮫島理沙だった。女スナイパーの理沙は弓恵の前に坐った。

多門はソファから立ち上がり、理沙のいる位置からは見えない場所に移った。理沙は野々村を葬った成功報酬を受け取りにきたのか。そうではなく、新たな殺人依頼があったのかもしれない。

どちらにしても、理沙は安楽弓恵に雇われているのだろう。

二人の女は十分ほど密談を交わした。もっぱら弓恵が喋り、理沙は聞き役だった。コーヒーを飲み終えると、女殺し屋は先に店を出た。ロビーを急ぎ足で歩き、表玄関から表に出ていった。

一瞬、多門は理沙を追いたい衝動に駆られた。だが、すぐに思い留《とど》まった。安楽弓恵が真の首謀者と会う可能性もあったからだ。多門は美人社長を張り込みつづけることにした。

ほどなく弓恵も腰を上げた。

彼女は勘定を払うと、地下駐車場に向かった。多門は弓恵を追った。駐車場に降りたとき、若い女の悲鳴が聞こえた。

三人の茶髪の男が、ＯＬ風の女を強引にワンボックスカーに乗せようとしている。見て見ぬ振りはできない。多門は弓恵の姿を視界の端に捉《とら》えながら、ワンボックスカーに駆け寄った。気配で三人組と二十二、三歳の女性が振り向いた。

「どうしたんだ？」

多門は相手に声をかけた。

「救《たす》けて！　わたし、夜の海なんか見に行きたくないのに、この三人がどうしても車に乗せようとするんです」

「そういうことはよくねえな」

「お願い、救けてください」

女性が切迫した声で訴えた。二十三、四歳の三人組が挑戦的な目を向けてきた。

多門は女の片腕を引き寄せた。すると、男のひとりが多門に殴りかかってきた。多門はバックハンドで相手の横《よこ》っ面《つら》を張った。男は横倒しに転がった。

残りの二人が相前後して多門の腰に組みついてきた。女が怯《おび》え、多門の背後に隠れた。

多門は男のひとりにショートアッパーを浴びせ、もう片方を跳《は》ね腰で倒した。

そのとき、真紅のポルシェがスロープを登っていった。もう間に合わない。

多門は、うずくまった三人組に鋭いキックを見舞った。男たちは体を丸め、唸り声を洩らしはじめた。

「きみの家まで車で送ってやろう」

多門はＯＬ風の娘に言った。

「わたし、このホテルの宿泊客なんです。すみませんけど、部屋まで一緒に従《つ》いてきてくれませんか。わたし、ひとりじゃ怖くって」

「いいよ」

「部屋は七階なんです」

相手が言った。多門は女性とエレベーターで七階に上がった。

「さっきの連中が部屋に来るかもしれませんから、もう少し一緒にいてほしいの。お願い！」

相手が拝む真似をした。

女性の頼みは断れない。多門は部屋に入った。シングルの部屋だった。若い女は多門をベッドに腰かけさせると、缶コーヒーを差し出した。

「喉が渇いたでしょ？」

「ずいぶん気が利くね。それじゃ、遠慮なくご馳走になろう」

多門は缶コーヒーを受け取り、一息に飲んだ。舌にわずかな苦みを感じたが、別にまずくはなかった。

だが、二分も経たないうちに強烈な眠気を覚えた。次第に瞼が垂れ下がってくる。

「そろそろ眠くなってきたんじゃない？」

美女が謎めいた微笑を浮かべ、多門の顔を覗き込んだ。

「まさか缶コーヒーに強力な睡眠薬を混ぜたんじゃないのかっ？」

「実は、そうなの。わたし、地下駐車場ではお芝居をしたのよ。あなたを生捕りにするためにね」

「安楽弓恵に頼まれて、おれを罠に嵌《は》めたようだな？」

「さあ、どうでしょう？」

「なんてことなんだっ」

多門は空《から》になったアルミ缶をカーペットに叩きつけた。その瞬間、目が回った。ほとんど同時に意識が途切れた。

それから、どれほどの時間が経過したのか。

多門は下腹部に生温かさを感じ、ふと我に返った。体の自由が利かない。板張りの床に四肢《しし》を金属製の留具で固定されていた。

仰向けだった。チノクロスパンツとトランクスは、膝の下まで引きずり下ろされていた。股の間にうずくまっているのは、なんと安楽弓恵だった。何を考えているのか。

「おい、なんのつもりなんだ？」

「あなたを片づける前に、ちょっと体を借りるだけよ」

弓恵が中腰になって、ガードルとパンティーを脱いだ。すぐに女社長は多門の上に打ち跨がり、ペニスを自分の体内に導いた。

「そっちが大槻を操《あやつ》ってたんだな？」

「ええ、そうよ。彼はよく働いてくれたんだけど、あなたに疑われはじめたんで、日系ブラジル人のセルジオ清水《しみず》って殺し屋に大槻を片づけさせたの。ついでに、あなたも始末してくれって頼んどいたんだけど、それはしくじってしまった。でも、生かしておいてよかったわ。おかげで、こういうことができるんですもの」

「そっちには後《うし》ろ楯《だて》がいるはずだ」

多門は言った。

弓恵は返事をしなかった。敏感な突起をいじりながら、腰を動かしはじめた。円を描《えが》くように豊かなヒップをくねらせ、上下運動を繰り返している。

多門の分身は捩《よじ》られ、捏《こ》ね回されつづけた。意思とは裏腹に欲情をそそられた。だが、射精してしまったら、二重の屈辱を味わわされることになる。多門は必死に気を逸《そ》らした。
四、五分後、弓恵の動きが速《はや》くなった。喘《あえ》ぎ声は、なまめかしい呻きに変わっていた。

弓恵は不意に昇りつめた。その瞬間、内奥《ないおう》がきゅっとすぼまった。快感のビートは力強かった。

「殺すには惜《お》しい体ね。でも、仕方ないわ」

弓恵は多門から離れると、ガードルとパンティーを拾い上げた。ランジェリーを小さく丸め、ドアの向こうに消えた。

多門は頭を浮かせてみた。

どうやら倉庫らしい。隅に木箱や段ボールが何段も積んであった。中身は、大槻が月島の貸倉庫に隠しておいた銃器や偽ブランド品だろう。

ドアが軋《きし》み、三十七、八歳の色の浅黒い男が入ってきた。男は、針を上に向けた注射器を手にしていた。

「セルジオ清水だな？」

多門は先に口を開いた。

「そう。わたし、日系ブラジル人ね。サンパウロで警官やってた。でも、給料安い。だから、お祖母《ばあ》ちゃんやお祖父《じい》ちゃんが生まれた日本に来たね。でも、日本もあまりいいことなかったよ」

「だから、殺し屋になったのか」

「わたし、あまり日本語うまくない。ポルトガル語だけの仕事、全然なかったよ。だから、殺し屋になった。わたし、お金たくさん欲しいよ」

「注射器の中には、筋弛緩剤《きんしかんざい》の溶液が入ってるんだなっ」

「これ、ただの麻酔溶液ね。おまえ、眠ってるうちに天国に行ける」

セルジオ清水が屈《かが》み込み、多門の太腿に無造作に注射針を突き立てた。多門は抗《あらが》いようがなかった。一分も経たないうちに、全身が痺《しび》れはじめた。間もなく何もわからなくなった。

それから、どれくらいの時間が流れたのだろうか。

多門は、水の冷たさで意識を取り戻した。体が流されている。川面《かわも》を漂っているようだ。

何も見えない。両手はロープで縛られていた。寝袋に入れられたまま、川に投げ込まれたのだろう。多門は脚を動かしながら、浮力を保った。

しばらく流れに身を委《ゆだ》ねていると、頭が何かにぶつかった。岩だろう。体の向きが変わったとき、寝袋に何か金具のようなものが当たった。

少しすると、体が岸辺に少しずつ引き寄せられはじめた。運よく釣り人に発見されたのだろうか。

まさかセルジオ清水ではないだろう。とにかく、命拾いできそうだ。多門は、ひとまず安堵《あんど》した。

体が砂利の上に引き揚げられた。寝袋のファスナーが開けられた。多門は上を見上げた。ナイフを握りしめた理沙が多門の顔を覗き込んでいる。女スナイパーの足許には、逆鉤付き《ユニバーサル・フック》のロープが丸まっていた。

「おれを救けてくれたんだな。やっぱり、心根までは腐ってなかったんだ」

「勘違いしないで。わたしは自分の手で、あなたをシュートしたいの。ただ、それだけよ。縛《いまし》めを断ち切ってやるから、好きな方向に逃げればいいわ」

「冗談だろ？」

多門は確かめた。

理沙が黙って両手首のロープを切断し、後ろに退《さ》がった。その左手には、消音器付きのグロック17が握られている。多門は寝袋から出た。

理沙がナイフをポケットに収め、拳銃を右手に持ち替えた。すぐにスライドが引かれた。

「おれを本気で撃つ気じゃないよな？」

多門は言った。

理沙が返事の代わりに、多門の足許に九ミリ弾を撃ち込んだ。

多門は焦《あせ》って川の中に飛び込んだ。理沙が容赦なく連射してくる。多門は川底まで潜り、そのまま向こう岸をめざした。

対岸の少し手前で、水面から頭を出した。ちょうどそのとき、向こう岸にいる理沙が左腕を押さえて小さくよろけた。セルジオ清水に撃たれたのか。

女スナイパーを救けなければならない。

多門は体を反転させ、川の中に頭から飛び込んだ。

クロールで川を横切る。対岸に這い上がって、闇を透かし見た。理沙はどこにもいなかった。セルジオ清水の姿も見えない。

理沙の無事を祈ろう。

多門は濡れた衣服を脱ぎ、水を絞りはじめた。

4

体がだるい。

多門は自分の額に手を当てた。微熱があるようだ。

前夜、長いこと濡れた衣服を着ていたせいで、風邪をひいてしまったのか。

きのう、寝袋ごと投げ込まれたのは荒川《あらかわ》の上流だった。埼玉県下だ。多門は土手を数十分歩き、広い県道で東京に向かう長距離トラックに便乗させてもらった。

乗せてもらえたのは、池袋までだった。そこからタクシーで西武新宿駅に隣接するシティホテルに向かい、ＯＬ風の女の部屋に急いだ。

しかし、すでに部屋は引き払われていた。やむなく多門は自分のボルボで、この自宅マンションに帰ってきたのである。

いまは正午過ぎだ。

多門はコーヒーを啜《すす》ると、テレビの電源スイッチを入れた。画面には、セルジオ清水の顔写真が映っていた。

「今朝《けさ》五時ごろ、川越《かわごえ》市の荒川の河川敷《かせんしき》で男性の射殺体が発見されました。殺された男性はブラジル国籍の無職、セルジオ清水さん、三十七歳です」

中年の男性アナウンサーが少し間《ま》を取り、言い継《つ》いだ。

「セルジオ清水さんは五年前に来日し、群馬県下の自動車部品工場で一年ほど働いた後、所在がわからなくなっていました。セルジオ清水さんはブラジル製の拳銃やナイフを所持していました。警察はセルジオ清水さんが現場付近で何らかのトラブルに巻きこまれ、射殺されたのではないかという見方を強めています。次は放火事件のニュースです」

画面が変わった。

多門はリモート・コントローラーを使って、テレビの電源を切った。昨夜、女殺し屋は左腕を撃たれた。シュートしたのは、セルジオ清水だったのではないか。それで理沙は、日系ブラジル人の殺し屋を射殺したのかもしれない。

そうだとすれば、安楽弓恵はセルジオ清水に理沙を始末しろと命じたにちがいない。理沙は野々村はあっさり片づけたが、なぜか多門をすんなりと殺そうとはしなかった。おそらく女社長は、それに焦《じ》れたのだろう。

それにしても、理沙はどうして自分を仕留《しと》めることをためらっているのだろうか。昨夜《ゆうべ》も、その気になれば、彼女は一発で自分を始末できただろう。美しいスナイパーは、自分のことを男性として意識しはじめているのか。そうなら、嬉しいのだが……。

多門は煙草をくわえた。

火を点けようとしたとき、杉浦から電話がかかってきた。多門は前夜のことを詳しく話した。

「そりゃ、ひどい目に遭《あ》ったたな」

「おかげで風邪をひいちまったみたいなんだ」

「それじゃ、おれが女社長に張りついてやる。クマはもう面が割れてるから、自分じゃ張り込めねえからな」

「杉さん、ひとつ頼むよ」

「任せてくれ。安楽弓恵をマークしつづけてりゃ、いまに必ず黒幕と接触するだろう」

「ああ、多分ね」

「クマ、話を戻すが、女スナイパーがセルジオ清水を殺《や》ったんだろうか」

「おれを寝袋ごと荒川に投げ込んだのはセルジオ清水だろうから、奴が理沙に発砲したんだろうな。安楽弓恵に理沙を消せって命じられてね」

「女スナイパーの左腕を撃ったのは、セルジオ清水だろうな。しかし、日系ブラジル人を射殺したのは理沙じゃねえような気がするんだ。ただの勘だがな」

「それじゃ、誰がセルジオ清水を殺《や》ったんだろう？」

「おれは鄧《トン》の犯行《ヤマ》じゃねえかと踏んでる」

　杉浦が言った。

「鄧《トン》がそこまでやらなきゃならない理由は？」

「野郎にとって、大量の拳銃をまとめ買いしてくれる取引相手はありがたい存在だ。安楽弓恵はセルジオ清水や鮫島理沙に弱みを知られてる。美人社長と黒幕は今後もダーテイー・ビジネスで荒稼ぎしたいと考えてるにちがいない。となりゃ、金で雇った二人の殺し屋は危険な人物ってことになるじゃねえか」

「杉さんの推測通りだったら、鄧《トン》はもう理沙も始末しちまったのかな?」

「それはわからねえが、鄧《トン》がセルジオ清水を殺《や》ってたとしたら、おそらく……」

「やめてくれ、杉さん! あの女スナイパーが死んだなんて考えたくもない」

思わず多門は大声で叫んでしまった。

「クマの女好きは、もう病気だな」

「おれは、理沙を自然体で生きられるようにしてやりてえんだ。彼女は、どこか無理してる。冷徹なスナイパーになりきったように振る舞ってるが、ちょっとしたときに人間的な優しさを見せるんだよ。きっと理沙は本当は思い遣《や》りのあるピュアな女にちがいない」

「クマには、どんな女も観音さまか女神に見えるみてえだから、説教じみたことを言っても意味ねえな。とにかく、おれは安楽弓恵に張りつくよ」

杉浦が電話を切った。そのとき、多門は悪寒《おかん》を覚えた。高熱が出るのか。

多門はバーボン・ウイスキーをラッパ飲みして、寝具の中に潜《もぐ》り込んだ。じきに眠りに落ちた。

スマートフォンの着信音で眠りを突き破られたのは、午後六時過ぎだった。

発信者は杉浦だ。

「クマ、女社長は銀座の高級鮨屋《すしや》で五十八、九の紳士と仲よく中トロを抓《つま》んでるぜ」

「そいつが首謀者臭《くせ》えな」

「そう考えてもいいだろう」

「杉さん、弓恵の連れの正体を探ってくれないか」

「もう正体は摑んでる。現職刑事になりすまして、鮨屋の若い職人に探りを入れたんだ。女社長の連れは、『向陽物産』の高遠亮太郎《りょうたろう》社長だったよ」

「野々村透の弟の話だと、『向陽物産』は倒産しかねないほど経営が苦しいらしい。で、高遠って社長は愛人の弓恵をダミーの首謀者にして、大槻にダーティー・ビジネスをやらせてたんだろう」

「そういうことだろうな、おそらく」

「杉さん、これから銀座に行くよ」

多門は鮨屋の店名と所在地を確かめてから、電話を切った。急いで身仕度をし、部屋を飛び出した。たっぷり眠ったからか、体は少し楽になっていた。

多門はボルボを駆って銀座に向かった。

目的の鮨屋を探し当てたのは、およそ三十分後だった。店は並木通りに面していた。七丁目だ。杉浦は鮨屋の斜め前あたりにたたずんでいた。多門は少し離れた場所にボルボを停めた。杉浦が小走りに駆け寄ってきて、助手席に坐った。

「二人は、まだ店の中にいるよ。食欲を満たしたら、その後は……」

「ベッドでナニするんだろうな。杉さん、二人はあの鮨屋で落ち合ったの？」

「そうだよ。女社長のポルシェは、すぐ裏手の立体駐車場に預けてある。高遠は会社からタクシーで来たみてえだな」

「そう。二人は弓恵のマンションに向かうんじゃないかな」

「多分、そうなんだろう。そうしたら、部屋に押し入るか」

「そうしよう」

多門は大きくうなずいた。

「おれの上着の内ポケットに、巨乳女優からぶんどったスミス&ウェッソンのエスコートが入ってる。二人が空とぼけるようなら、一発ずつ撃ち込んでやろう」

「杉さん、相手は六十近いおっさんと年増なんだ。スミス&ウェッソンのエスコートなんか使わなくても、口を割るさ」

「そうだろうが、何が起こるかしれねえから、一応、忍ばせておくよ」

杉浦が言って、ハイライトに火を点けた。

それから十分ほど経ったころ、鮨屋から弓恵と高遠が現われた。高遠は紳士然とした男だった。いかにも仕立てのよさそうな茶系のスーツを着ている。中肉中背だ。

二人は有料駐車場に向かった。

多門は低速でボルボを走らせた。少し待つと、有料駐車場から真紅のポルシェが出てきた。高遠は助手席に坐っていた。

弓恵の車は数十分走り、神宮前《じんぐうまえ》にある洒落《しゃれ》たマンションの地下駐車場に潜った。地下駐車場の出入口はオートシャッターになっていた。

「女社長の部屋が何号室か見てくらあ」

杉浦が車を降り、高級マンションの表玄関に足を向けた。集合郵便受けを覗くつもりなのだろう。

多門はボルボを暗がりに移し、グローブボックスから布手袋と特殊万能鍵を取り出した。そして、静かに車を降りる。

杉浦が戻ってきた。

「安楽弓恵の部屋は五〇三号室だったよ」

「それじゃ、地下駐車場から侵入しよう」

「クマ、地下駐車場はオートシャッターになってるぞ。特殊万能鍵でも、ちょいと無理だろうが」

「入居者の車が出入りするとき、下降《かこう》してくるシャッターの真下に小石かライターを噛ませるんだ。そうすりゃ、シャッターは自動的に巻き揚げられる」

「その隙に潜り込むってわけか」

「当たり！　植え込みの陰に隠れて、チャンスを待とう」

二人は地下駐車場の出入口のそばにしゃがみ込んだ。

いくらも待たないうちに、地下駐車場からドルフィンカラーのＢＭＷが出てきた。ＢＭＷが遠ざかるのを見届け、多門はオートシャッターの真下に小石を置いた。

シャッターは小石にぶつかると、ゆっくりと上昇しはじめた。多門たち二人は顔を伏せながら、スロープを駆け降りた。防犯カメラには、どちらの顔も鮮明には映っていないはずだ。

多門たちはエレベーターで五階に上がった。五〇三号室に近づく。多門は布手袋を嵌《は》めてから、特殊万能鍵でドア・ロックを解いた。

二人は土足のまま、室内に忍び入った。

間取りは２ＬＤＫだった。弓恵と高遠は居間にいた。大型テレビの画面には外国の裏ビデオが映し出されている。

金髪の女が仰向けになった黒人男の上に跨がり、ヒップを後ろに突き出していた。背後に立った赤毛の白人が猛《たけ》ったペニスで女の後ろの部分を貫《つらぬ》きかけている。

「二人とも騒ぐな」

杉浦がスミス＆ウェッソンのエスコートの銃口を弓恵と高遠に交互に向けた。二人は驚きのあまり、声も発さなかった。

「洋物の裏ＤＶＤを観《み》てから、寝室に行くつもりだったようだな」

多門は高遠の前に回り込み、ソファから引きずり下ろした。それだけで『向陽物産』の社長はわなわなと震えはじめた。

「どこまで知ってるの？」

弓恵が多門に訊いた。その声は掠《かす》れていた。

「黒幕は高遠だったんだな。そっちが大槻にやらせてたことは、もう説明する必要はないだろう。ただ、どういう餌《えさ》で大槻を釣ったんだ？　そいつを教えてもらおうか」

「それは、高遠社長に直《じか》に……」

「いいだろう」

多門は高遠に顔を向けた。

高遠は口を真一文字《まいちもんじ》に結んで、何も喋ろうとしない。多門は三十センチの靴で高遠の腹を蹴った。高遠が手脚《てあし》を縮め、血反吐《ちへど》を撒《ま》き散らした。

「次は顔面を狙うぜ」

「け、蹴らないでくれ。大槻には、そのうち『向陽物産』の役員にしてやるという話で……」

「そういうことだったのか。ダーティー・ビジネスで、どのくらい儲けた？」

「まだ三十数億円しか儲けてない。わたしは父から引き継いだ『向陽物産』を何としてでも守り抜きたかったんだ。悪いこととは知りながらも、拳銃の密売と偽ブランド品の販売で生き残りを図りたかったんだよ」

「あんたは大槻を利用するだけ利用して、セルジオ清水に始末させた。それから、あんたを強請《ゆす》ろうとした野々村も女スナイパーに葬らせた。野々村の弟は、あんたの会社の社員だろうが！」

「仕方がなかったんだ。すべて会社を潰《つぶ》したくない一心で……」

「救いようのないエゴイストだな。てめえの愛人に悪事の片棒を担《かつ》がせるなんて、男の風上《かざかみ》にも置けねえな」

「弓恵には済まないことをしたと思ってる。それより、わたしたちをどうするつもりなんだ？　何も見なかったことにしてくれるんだったら、そちらの要求を全面的に呑《の》むよ」

「なんでも銭で片がつくと思ってんのか。ふざけるなっ」

多門は声を荒《あら》らげた。

「それじゃ、わたしたちを警察に引き渡す気なのか？　それだけはやめてくれ。身の破滅だ」

「警察とは相性がよくねえんだ」

「それじゃ、裏取引に応じてくれるんだね？」

「おれの要求をすべて呑むなら、相談に乗ってやる」

「どうすれば、いいんだね？」

「ダーティー・ビジネスで稼いだ銭をそっくり兵庫県にある徳福寺という禅寺に寄付して、野々村勉を役員にしてやれ。それから、あんたのポケットマネーでおれに一億円の口止め料を払ってくれ」

「無茶を言うな。いくら何でも要求が法外すぎる」

「それじゃ、裏取引はできねえな。あんたの悪事はマスコミにリークすることになるぜ」

「てめえの会社が大事だったら、欲を棄《す》てるんだな」

「そ、そんな⁉」

「わかった。いま、誓約書を認《したた》めよう」

高遠がそう言い、弓恵に便箋《びんせん》、ボールペン、朱肉などを用意させた。

多門は高遠を摑み起こし、さきほどの要求を一つずつ明文化《めいぶんか》させた。むろん、高遠に署名させ、拇印《ぼいん》も捺《お》させた。自分の手を汚そうとしない犯罪者は、狡《ずる》くて卑怯《ひきょう》だ。害虫を喰う昆虫や小動物はいわゆる天敵で人間の味方だが、卑劣な悪人は害虫以下だろう。生きる価値もないのではないか。社会のごみだ。

「言うまでもないことだが、ダーティー・ビジネスから手を引け！　それから、川越あたりの倉庫に隠してある拳銃と偽ブランド品は廃棄処分にしろ」

「ああ、わかってるよ。誓ったことは必ず実行する」

「そうしな。ところで、セルジオ清水を射殺したのは鄧《トン》なんじゃねえのか？」

「何もかもお見通しなんだな」

「やっぱり、そうか。あんたの命令で、鄧《トン》は荒川の河川敷で鮫島理沙も始末しようとしたんだな？」

「そうだよ。二人の殺し屋《プロ》は、わたしの弱みを知ってるんでね」

「いまも鄧《トン》は女スナイパーをつけ狙ってるのか？」

「そのはずだが、鮫島理沙の居所がわからないらしいんだ」

「あんたをぶっ殺してやりてえよ」

「気が変わったのか⁉」

高遠が高い声を洩らし、尻《しり》で後ろに退《さ》がった。多門は誓約書を引ったくり、高遠の顔面を蹴りつけた。鼻の軟骨が潰れたはずだ。

高遠が動物じみた声をあげ、のたうち回りはじめた。すると、弓恵が怯《おび》えた顔で言った。

「女のわたしには乱暴しないわよね？」

「ああ、荒っぽいことはしない」

「わたしも、あなたに何かあげるわ。欲しいものを言ってちょうだい」

「そっちから何か脅し取る気はない。ただ、一つだけ、おれの言う通りにしてくれ」

「ええ、いいわ」

「高遠みたいな屑《くず》野郎とは別れろ。そうじゃないと、そっちは不幸になるぞ」

多門は言って、杉浦を目顔《めがお》で促《うなが》した。

二人は五〇三号室を出ると、表玄関から堂々と表に出た。

「クマ、女スナイパーを死なせたくなかったら、鄧《トン》に張りついてたほうがいいな」

「そうするよ」

「用心のために、こいつを持ってけや」

杉浦が懐からスミス&ウェッソンのエスコートと八発の実包を取り出した。二発は装《そう》塡《てん》済みだった。

多門は差し出された物を自分の上着のポケットに収めた。

「杉さん、車で原宿《はらじゅく》駅まで送るよ」

「いや、ここで別れようや。クマと一緒じゃ、女どもを全部持ってかれちまうからな。それじゃ、あばよ」

杉浦がそう言い、足早に遠ざかっていった。

多門はボルボに乗り込み、元麻布の中国大使館に向かった。

二十分弱で、目的地に着いた。多門は裏通りに車を駐《と》め、大使館の近くで張り込みはじめた。鄧《トン》が姿を見せたのは午後十時数分前だった。

多門は中国大使館から七、八十メートル離れてから、鄧《トン》の行く手に立ち塞《ふさ》がった。スミス&ウェッソンのエスコートの銃口を向ける。

「女スナイパーの居所はわかったのか？」

「おまえの言ってること、わたし、よくわからないね」

「ま、いいさ。ゆっくり地面に両膝をつきな」

「わかったよ」

鄧《トン》がひざまずいた。

そのすぐ後、多門は背中に固い物を押し当てられた。感触で、消音器の先端とわかった。甘い匂いもした。

「女スナイパーだな?」

「鄧《トン》を殺《や》るのは、このわたしよ。邪魔しないでちょうだい」

背後で理沙が言った。

「おれに任せてくれ」

「そうはいかないわ。どかないと、あなたを先に撃つわよ」

「そいつは困る。おれには、やらなきゃならねえことがあるからな」

多門は横にのいた。理沙が前に出た瞬間、鄧《トン》が発条《ばね》のように伸び上がった。

理沙が呻《うめ》いた。鄧《トン》が突き出した細長いナイフは、理沙の脇腹に突き刺さっていた。

「おめ、なんてことすんだ。このおれさ、怒らせてえのけっ」

多門は鄧《トン》を突き倒し、スミス&ウェッソンのエスコートの引き金を絞った。たてつづけに放った銃弾は、鄧《トン》の額と顎を撃ち砕いた。血がしぶいた。

鄧《トン》は血糊に染まったナイフを握ったまま、息絶えた。

理沙が脇腹を押さえながら、うずくまった。

多門は理沙を肩に担《かつ》ぎ上げ、ボルボまで突っ走った。大久保の外れに、やくざ時代に世話になった外科医院がある。

多門は理沙を後部座席に寝かせると、その外科医院に運び込んだ。傷は内臓にまでは達していなかった。ただちに縫合手術が行なわれた。

腕の銃創も思いのほか浅く、すでに傷口は塞《ふさ》がっていた。理沙の麻酔が切れるまで、多門は片時《かたとき》もベッドのそばを離れなかった。

「なんで、わたしを病院に運んでくれたの？」

「そっちに惚れちまったからさ」

「わたしはお金が欲しくて、何人もの人間を殺してきた女よ。人に愛される資格なんかないわ」

「その話は、またにしようや。いまは眠ったほうがいい」

「ね、わたしの商売道具は？」

「安心しろ。おれの車に隠してある」

「そう。それじゃ、少し寝《やす》ませてもらうわ」

理沙が瞼を閉じた。彼女が寝息を刻みはじめると、多門は静かに病院を出た。

翌日から彼は、欠かさずに病室を訪れた。鄧《トン》の事件は派手に報道されたが、捜査当局の手は多門に伸びてこなかった。

高遠は荒巻に三十二億円の小切手を届け、多門には現金一億円を持ってきた。荒巻は小切手を向陽物産に返したらしい。やむなく多門は高遠に命じて、三十二億円を世界の難民救済基金に充《あ》てさせた。

入院中の理沙は、少しずつ心を開きはじめた。そして、抜糸された日、彼女は問わず語りに暗い過去を打ち明けた。

理沙が十三歳のとき、愛する父が交通事故死した。しかし、それは事故に見せかけた巧妙な殺人だった。理沙の父方の叔父は何年も前から、彼女の母親と不倫の関係にあった。母は義弟に唆《そその》かされて、一緒に夫を殺害してしまった。

理沙は母と叔父のひそひそ話を偶然に耳にし、恐ろしい事実を知ってしまったという。彼女は匿名《とくめい》で警察に告発の手紙を書いた。

だが、投函する前に理沙は叔父に力ずくで犯されてしまった。あいにく母は外出中だった。十四歳の春の出来事だ。

理沙はショックと絶望感から、発作的に車道に飛び出して自殺を図ろうとした。それを制止してくれたのは、身寄りのない老殺し屋だった。

理沙は老殺し屋に養われているうちに、父の仇討ちをする気になった。老殺し屋から銃器の扱いを学び、山中や海上で実射訓練に励んだ。

自宅の寝室で獣のように交わっている母と叔父の頭に一発ずつマグナム弾を撃ち込んだのは、十七歳の秋だった。なんのためらいもなく引き金を絞ることができた。

その次の日、理沙は老殺し屋に改めて弟子入りを願い出た。老殺し屋は哀《かな》しげに笑って、無言でうなずいた。理沙は老殺し屋の助手を務めながら、射撃のテクニックを磨いた。

ひとりで初めて標的を撃ち殺したのは、十九歳のときだった。老殺し屋が病死したのは二十二歳のときである。それ以来、理沙はスナイパーとして裏社会で生き延びてきた。マンスリーマンションやホテルを泊まり歩き、定まった塒《ねぐら》は一度も持たなかった。それは、犯罪者の一種の防衛本能だった。

多門は理沙の身の上話を聞き、思わず涙ぐんでしまった。他人に泣き顔は見られたくない。多門はトイレに駆け込んで、ブースの中で涙を流した。

病室に戻ると、理沙の姿は搔《か》き消えていた。枕許には書き置きの短い手紙が残されていた。少女時代から他人を遠ざけて生きてきた自分が進んで生い立ちを話したことに本人が驚いていると綴《つづ》られ、感謝の言葉が書き連《つら》ねられていた。

多門は病室を出て、病院の駐車場に走った。なぜか、ボルボXC40のドア・ロックは解除されていた。グローブボックスに隠してあった消音器とグロック17はなくなっていた。

理沙は遠くに行くにちがいない。

多門は心にぽっかりと穴が開いてしまった。虚《うつ》ろな日々がつづいた。

秋が深まったある夜、多門の自宅マンションのインターフォンが鳴った。来訪者は、なんと理沙だった。

「ついさっき、高遠と安楽弓恵を始末したわ。あの二人は、わたしを鄧《トン》に片づけさせる気だったのよ。だから、きっちり借りを返してやったの」

「会えて嬉しいよ」

多門は理沙を室内に導き入れ、強く抱きしめた。

「わたしも高飛びする前に、ひと目だけあなたに会いたかったの。二人を殺《や》ったとき、周《まわ》りに人がたくさんいたのよ。とりあえず、東南アジアにでも潜伏するつもりなの」

「どこにも行くな」

「え？」

「おれがきみを匿《かくま》ってやるよ」

「でも、そんなことをしたら、あなたに迷惑がかかるわ。放して、もう行かなければ……」

理沙が多門の胸を控え目に押した。

多門は女スナイパーを抱き竦《すく》め、唇を重ねた。一瞬、理沙が身を強張《こわば》らせた。かまわず多門は唇と舌を吸いつけた。理沙が何かに衝《つ》き動かされたように、烈《はげ》しく応《こた》えはじめた。

二人は幾度も熱いくちづけを交わした。多門は頃合を計って、理沙をベッドに誘《いざな》った。

理沙は拒《こば》まなかった。

多門は胸を重ね、キスの雨を降らせはじめた。口唇を滑らせながら、理沙の衣服を一枚ずつ脱がせていった。脇腹の傷口は、だいぶ癒《い》えていた。

理沙も多門の着ている物を剝《は》がしはじめた。ほどなく二人は生まれたままの姿になった。

理沙の肉体は熟《う》れていたが、どこか反応は稚《おさな》かった。

「わたし、この年齢《とし》まで男性とちゃんと愛し合ったことが一度もないの。叔父には一方的に弄《もてあそ》ばれただけだし、世話になった殺し屋はわたしを実の娘のように大事に育ててくれたから」

「もう何も言うな」

多門は理沙の白い柔肌を愛撫しはじめた。理沙も情感の籠った手つきで、多門の逞《たくま》しい体を撫で回している。

妙なテクニックを使ったら、記念すべき夜が穢《けが》れてしまうだろう。

多門は欲望が昂《たか》まると、穏《おだ》やかに理沙の中に分け入った。その瞬間、理沙が甘やかに呻いた。背も小さく反らした。体は熱く潤んでいた。

多門は優しく動きはじめた。

新しい何かがはじまりそうな予感が急速に膨れ上がった。

本作品はフィクションであり、実在の
個人・団体などとは一切関係がありません。

2001年9月　祥伝社文庫刊
(『毒蜜　蛇蝎』改題)
再文庫化に際し、著者が大幅に加筆しました。

実業之日本社文庫　最新刊

蒼山 螢
後宮の炎王

幼い頃の記憶がない青年・翔啓《しょうけい》は、後宮で女装し皇后に仕える嵐静《らんせい》と出会い、過去の陰謀を知ることに…!? 血湧き肉躍る、珠玉の中華後宮ファンタジー開幕！

あ26 2

赤川次郎
逃げこんだ花嫁

女子大生・亜由美のもとに少女が逃げて来た。年上の男と無理に結婚させられそうだと言うのだ。なんと男の年齢は――。人気シリーズ、ユーモアミステリー

あ1 24

あさのあつこ
風を結う　針と剣　縫箔屋事件帖

町医者の不審死の真相は――剣才ある町娘・おちえと、武士の身分を捨て刺繍の道を志す職人・一居が迫る。時代青春ミステリー〈針と剣〉シリーズ第2弾！

あ12 3

加藤 元
ロータス

霊感の強いタクシー運転手が、乗客を目的地まで運ぶほんの束の間、車内で語る不思議な出来事は少し怖くてどこか切ない。優しく心を癒やす奇跡の物語に涙！

か10 2

倉阪鬼一郎
えん結び　新・人情料理わん屋

「わん屋」の姉妹店「えん屋」が見世びらきすることに。準備のさなか、里親探しの刷物を配る僧を見かけた易者は、妙なものを感じる。その正体とは……。

く4 12

新津きよみ
なまえは語る

迷宮入り寸前の殺人事件の真犯人は「なまえ」だった――!? ゆりかごから墓場まで、一生ついてまわる「なまえ」を題材にした珠玉のミステリ短編集。

に5 3

実業之日本社文庫　最新刊

西澤保彦
逢魔が刻　腕貫探偵リブート
喪主が殺人、連続不審死、留学生監禁……この街は謎と殺しが多すぎる!?　腕貫さん顔負けの推理で、女子大生ユリエが辿り着いた真相は!?（解説・浜崎広江）
に210

葉月奏太
癒しの湯　未亡人女将のおきづかい
社長の三男・月島三郎は、温泉旅館に修業へ。旅館の女将は気品に溢れ、仲居は天真爛漫。ある日、悪徳不動産屋の男がやってきて……。温泉官能の新傑作！

は614

遠藤崇寿・遠藤展子　監修
藤沢周平「人はどう生きるか」
人生の大事なときにこそ読む――心に届く言葉がきっとある。養老孟司、山田洋次、井上ひさし…藤沢文学をこよなく愛する各界著名人による至極の読書案内。

ふ22

南 英男
毒蜜　天敵　決定版
赤坂で起きた銃殺事件。裏社会の始末屋・多門剛が拳銃入手ルートを探ると、外国の秘密組織と政治家たちを狙う暗殺集団の影。因縁の女スナイパーも現れて…。

み727

吉田雄亮
北町奉行所前腰掛け茶屋　迷い恋
捨て子の親は、今どこに？　茶屋の裏手から赤子の泣き声が。自ら子守役を買って出た弥兵衛だが、息子の紀一郎には赤子に関わる隠し事があるようで……。

よ511

実業之日本社文庫　好評既刊

南英男
警視庁極秘指令

柔肌を狩る連続猟奇殺人の真相を暴け！　初動捜査で解決できない難事件に四人の異端児刑事が集結。極秘捜査班の奮闘を描くハードサスペンス、出動！

み7 17

南英男
謀殺遊戯　警視庁極秘指令

元エリート官僚とキャバクラ嬢が乗った車が激突して二人は即死。しかし、この事故には不自然な点が。極秘捜査班が調査に乗り出すと——怒濤のサスペンス！

み7 18

南英男
偽装連鎖　警視庁極秘指令

元IT社長が巣鴨の路上で殺された事件で、タレントの恋人に預けていた隠し金五億円が消えていたことが判明。社長を殺し、金を奪ったのは一体誰なのか!?

み7 19

南英男
罠の女　警視庁極秘指令

熱血検事が少女買春の疑いをかけられ停職中に金属バットで撲殺された。極秘捜査班の剣持直樹は、検事を罠にかけた女、自称〈リカ〉の行方を探るが——!?

み7 20

南英男
裁き屋稼業

卑劣な手で甘い汁を吸う悪党たちに闇の裁きでリベンジせよ！　落ち目の俳優とゴーストライターのコンビは脅迫事件の調査を始めるが、思わぬ罠が……。

み7 21

実業之日本社文庫　好評既刊

南 英男
虐殺　裁き屋稼業
内部告発者の死、そしてさらなる犠牲者が――悪辣企業の密謀を暴き出せ！　不正の真相をめぐり闇の探偵コンビが格闘する、傑作クライムサスペンス！
み7 22

南 英男
邪欲　裁き屋稼業
社会派ライターの真木がリストラ請負人の取材中に殺害された。裁き屋の二人が調査を始めると、事件の背景には巨額詐欺事件に暗躍するテロリストの影が…。
み7 23

南 英男
毒蜜　決定版
女以外は無敵の始末屋が真の悪党をぶっ潰す――裏社会専門の始末屋として数々の揉め事を解決してきた多門剛に危険な罠が…!?　ベストセラーシリーズ決定版。
み7 24

南 英男
毒蜜　残忍犯　決定版
マフィアか、ヤクザか…残虐すぎる犯行の黒幕は!?　旧友の新聞記者が首を切断され無残な死を遂げた。裏社会の無敵の始末屋・多門剛が真相に迫るが――。
み7 25

南 英男
毒蜜　人狩り　決定版
六本木で起きた白人男女大量拉致事件の蛮行は、外国人犯罪組織同士の抗争か、ヤクザの所業なのか。多門は夜の東京を捜索するが、新宿で無差別テロが――！
み7 26

文日実
庫本業
　社之
み 7 27

毒蜜《どくみつ》 天敵《てんてき》 決定版《けっていばん》

2022年12月15日　初版第1刷発行

著　者　南《みなみ》 英男《ひでお》

発行者　岩野裕一
発行所　株式会社実業之日本社
〒107-0062　東京都港区南青山 5-4-30
emergence aoyama complex 3F
電話 [編集]03(6809)0473 [販売]03(6809)0495
ホームページ　https://www.j-n.co.jp/
ＤＴＰ　株式会社千秋社
印刷所　大日本印刷株式会社
製本所　大日本印刷株式会社

フォーマットデザイン　鈴木正道（Suzuki Design）

*本書の一部あるいは全部を無断で複写・複製（コピー、スキャン、デジタル化等）・転載することは、法律で認められた場合を除き、禁じられています。

また、購入者以外の第三者による本書のいかなる電子複製も一切認められておりません。

*落丁・乱丁（ページ順序の間違いや抜け落ち）の場合は、ご面倒でも購入された書店名を明記して、小社販売部あてにお送りください。送料小社負担でお取り替えいたします。

ただし、古書店等で購入したものについてはお取り替えできません。

*定価はカバーに表示してあります。

*小社のプライバシーポリシー（個人情報の取り扱い）は上記ホームページをご覧ください。

©Hideo Minami 2022　Printed in Japan
ISBN978-4-408-55779-3（第二文芸）